# Fatal Korrekturen

## Gemütliche Kurzkrimis für unterwegs

Dalia Bolin

Published by Gettin' Cozy, 2023.

# Klappentext

**Wenn die Feder mächtiger ist als das Schwert, kann die Bearbeitung mörderisch sein.**
IN "FATAL CORRECTIONS", einem fesselnden Teil der Cozy Quickies-Reihe, findet sich die Bestseller-Autorin Clary Lane im Zentrum eines Mordes wieder. Als ihre Lektorin Brenna Cath in einem abgelegenen Schriftsteller-Refugium mit einem Rotstift durch das Herz ermordet aufgefunden wird, gerät Clarys Welt der Romantik und des Happy Ends aus den Fugen.

Clary ist auf der Insel in einem wütenden Sturm gefangen und findet sich inmitten einer Reihe von Figuren wieder, die direkt aus einem Kriminalroman stammen. Da ist der rätselhafte Horror-Autor Ethan Scoville, der Clarys Interesse geweckt hat; Timothy Small, der Selbsthilfe-Guru mit reichlich Grund, Brenna zu hassen; Martha Masterson, eine Kochbuchautorin mit einer Vergangenheit, die so pikant ist wie ihre Rezepte; und Bella Anderson, eine junge Liebesroman-Autorin mit einem Gespür für Dramatik und brennendem Ehrgeiz.

Als Clary tiefer in das Geheimnis eindringt, deckt sie ein Netz aus Geheimnissen, Lügen und Erpressung auf. Mit jeder Enthüllung wird klar, dass jeder einen Grund hatte, Brenna tot sehen zu wollen. In einer Welt, in der die Feder mächtiger ist als das Schwert, muss Clary den Mörder finden, bevor sich die letzte Seite umblättert ... und sie das nächste Opfer wird.

# Erstes Kapitel

AN DEM TAG, AN DEM die Einladung eintraf, dachte Clary Lane über die Vorzüge des Einsiedlerdaseins nach. Sie saß in ihrem Lieblingssessel, ein halbfertiges Manuskript auf ihrem Laptop und eine Tasse lauwarmen Tees auf dem Tisch neben sich. Das Klopfen des Postboten an der Tür war eine willkommene Ablenkung von den hartnäckigen Figuren, die sich weigerten, in ihrer Geschichte mitzuarbeiten.

Sie schlurfte zur Tür und schnappte sich ihren verschmitzten Kater, Mr. Darcy, der die Angewohnheit hatte, sich aus dem Staub zu machen, sobald die Tür offen war. "Heute nicht, Darcy", sagte sie und kraulte ihn hinter den Ohren, während sie den Stapel Post aufhob.

Zurück in ihrem Sessel, sichtete sie den Stapel: Rechnungen, eine Postkarte von einem Freund, der in Italien unterwegs war, ein Flyer für eine örtliche Pizzeria und ein cremefarbener Umschlag mit einem geprägten Logo. Clarys Mund wurde trocken. Sie erkannte das Logo. Es war das von Brenna Cath.

Brenna Cath, die Lektorin, die Autoren mit einem einzigen roten Punkt auf ihrem Manuskript zum Weinen bringen konnte. Die Frau, die in der Verlagswelt einen Ruf hatte, der Voldemort wie einen missverstandenen Introvertierten erscheinen ließ. Und jetzt hatte sie Clary eine Einladung geschickt.

Clary öffnete den Umschlag mit einem Gefühl der Vorahnung und erwartete fast, dass er explodieren oder sich in eine Fledermaus

1

verwandeln würde. Stattdessen kam eine Karte mit einer Einladung zu einem Schriftsteller-Treffen auf einer Privatinsel heraus. Clary schnaubte. "Eine Klausur mit Brenna Cath. Klingt ungefähr so entspannend wie eine Wurzelbehandlung."

Mr. Darcy, der ihre Aufregung spürte, tastete nach der Einladung. "Willst du gehen, Darcy?", fragte Clary und hob eine Augenbraue zu der Katze. "Vielleicht könnte Brenna dein Miauen um 3 Uhr morgens bearbeiten."

Trotz ihrer anfänglichen Reaktion ertappte sich Clary dabei, wie sie auf die Einladung starrte, während ihr die Gedanken im Kopf herumschwirrten. Sie warf einen Blick auf Mr. Darcy, der sich inzwischen auf der Armlehne zusammengerollt hatte und scheinbar kein Interesse an der lebensverändernden Entscheidung hatte, die sie gerade treffen wollte. "Du bist eine große Hilfe", sagte sie und kraulte den Kopf der Katze.

Seufzend griff sie nach ihrem Telefon und wählte eine Nummer, die sie auswendig kannte. Emily, ihre jüngere Schwester, nahm nach dem zweiten Klingeln ab. "Clary? Das ist aber eine Überraschung. Du schreibst doch sonst immer SMS."

"Ich weiß, Em, aber hier geht es um Leben und Tod."

Emilys Lachen schallte durch das Telefon. "Dramatisch wie immer. Was gibt's?"

Clary erzählte von der Einladung, ihre Stimme wurde immer lauter, als sie Brenna Cath beschrieb. Emily hörte schweigend zu und unterbrach sie nur gelegentlich mit einem "Aha" oder "Weiter".

Als Clary geendet hatte, gab es eine Pause. "Damit ich das richtig verstehe", sagte Emily schließlich. "Der gefürchtetste Redakteur der Verlagswelt hat dich zu einem Schriftsteller-Treffen auf einer Privatinsel eingeladen, und du überlegst, ob du hingehst?"

"Wenn man es so ausdrückt, klingt es wahnsinnig."

"Weil es so ist", sagte Emily, "aber es ist auch eine unglaubliche Chance. Du steckst schon seit Monaten mit deinem Schreiben fest. Vielleicht ist das genau das, was du brauchst."

"Aber es ist Brenna Cath, Em. Sie ist ... sie ist ..."

"Ein Hai im Gewand eines Redakteurs?" schlug Emily vor, und Clary konnte das Grinsen in ihrer Stimme hören. "Komm schon. Du hast schon Schlimmeres erlebt. Erinnerst du dich an die Zeit im College, als du deine Gedichte vor diesem hochnäsigen Literaturprofessor vortragen musstest?"

Clary stöhnte. "Erinnern Sie mich nicht daran." Sie war keine Dichterin und "wusste" es ganz genau, vor allem nachdem Prof. Turney sie gedemütigt hatte.

"Ganz genau. Du hast das überlebt. Du kannst Brenna Cath überleben."

Clary seufzte und sah wieder auf die Einladung. "Vielleicht hast du recht."

"Normalerweise bin ich das", sagte Emily, ihre Stimme war voller schwesterlicher Zuneigung. "Jetzt geh und packe deine Sachen, Clary Lane. Das Abenteuer erwartet dich."

Als sie den Hörer auflegte, konnte Clary sich ein Lächeln nicht verkneifen. Vielleicht hatte Emily recht. Vielleicht war dieser Rückzugsort genau das, was sie brauchte. Und wenn nicht, dann würde das sicher ein interessantes Kapitel in ihrem nächsten Buch ergeben. Schade, dass sie Liebesromane und keine Horrorgeschichten schrieb, denn Brenna war eine Horrorgeschichte.

Clary starrte auf die Einladung, ihr Kopf war ein Wirbelwind von Gedanken und Befürchtungen. Schließlich ließ sie einen Seufzer los, ihre Entscheidung stand fest. "Nun, Darcy", sagte sie mit einem Blick auf ihre Katze, die nun versuchte, die Ecke der Einladung zu fressen, "es sieht so aus, als würde ich in ein Abenteuer gehen."

Sie ging in ihr Schlafzimmer und holte einen Koffer aus den Tiefen ihres Kleiderschranks. Während sie zu packen begann, dachte sie über ihre Karriere nach. Die frühen Tage der Aufregung und der nächtlichen Schreibsessions, angeheizt durch billigen Kaffee und billige Pizza. Der Nervenkitzel, wenn sie ihren Namen zum ersten Mal gedruckt sah, auch wenn es in einer Zeitschrift war, die nur zwölf Leser hatte.

Ein Glucksen entwich ihr, als sie einen Pullover zusammenlegte. Sie erinnerte sich an ihre erste Begegnung mit Brenna Cath. Die Frau war so warm und kuschelig wie ein Kaktus und hatte die unheimliche Fähigkeit, Autoren zum Weinen zu bringen, indem sie nur eine Augenbraue hochzog. Doch sie war auch die Beste in der Branche, und Clary musste zugeben, dass sie einen großen Teil ihres Erfolgs Brennas rücksichtslosem Lektorat verdankte.

Sie hielt inne, hielt eine Jeans in der Hand und überlegte, ob sie eine Badehose einpacken sollte. "Wem mache ich was vor?", sagte sie und warf die Jeans in den Koffer. "Das einzige Schwimmen, das ich machen werde, ist in einem Meer von Adverbien und falsch gesetzten Kommas."

Ihre Beziehung zu Brenna war kompliziert, wie der Versuch, einen Rubik's Cube zu lösen, während man Achterbahn fährt. Es gab Respekt, Angst und den ständigen Druck, Brennas hohen Ansprüchen gerecht zu werden, aber auch Dankbarkeit. Brenna hatte sie gedrängt, sie herausgefordert und dabei eine bessere Schriftstellerin aus ihr gemacht.

Mit einem Kopfschütteln schloss Clary ihren Koffer. Sie musste zu einer Klausurtagung, und wenn sie Glück hatte, fand sie dort vielleicht sogar den Plot für ihren nächsten Roman. "Pass auf, Brenna", sagte sie und ein Grinsen umspielte ihre Lippen, "hier kommt Clary Lane."

CLARY STAND AM DOCK, den Koffer zu ihren Füßen, und betrachtete die bunte Truppe, die sie in der nächsten Woche begleiten sollte. Sie kam sich vor wie in einem Roman, und zwar nicht in einem Liebesroman.

# FATAL KORREKTUREN

Da war zunächst Martha Masterson, die Kochbuchautorin. Sie war eine zierliche Frau mit einem Lächeln, das die Sonne überstrahlen konnte, und einem Lachen, das wie ein Windspiel an einem windigen Tag klang. Ihr Südstaaten-Dialekt war charmant, wenn auch so langsam wie Melasse. Sie war gerade in ein lebhaftes Gespräch mit ihrer Handtasche verwickelt, was Clary sowohl liebenswert als auch ein wenig beunruhigend fand.

Der nächste war Timothy Small, der Selbsthilfe-Guru. Er war ein nervöser kleiner Mann mit ein paar widerspenstigen Haaren, die sich hartnäckig an seinem Scheitel festklammerten, während er ständig seine Brille zurechtrückte und sich umsah, als erwarte er jeden Moment ein Pop-Quiz. Er umklammerte sein neuestes Buch, "Finding Your Inner Zen in a World of Chaos", so fest, dass Clary um die Sicherheit des Buchrückens fürchtete.

Und dann war da noch Bella Anderson, die neue Liebesromanautorin. Sie war eine Vision von Eleganz und Anmut, jede ihrer Bewegungen wirkte wie choreografiert. Groß, blond und mit einem Neuengland-Akzent sprechend, sah sie aus wie ein Supermodel oder das verwöhnte Kind eines berühmten Politikers, nicht wie eine aufstrebende Liebesromanautorin. Sie war gerade in ihr Telefon vertieft, ihre Finger flogen mit einer Geschwindigkeit über den Bildschirm, die professionelle Schreibkräfte in den Schatten stellen würde.

Und schließlich war da noch Ethan Scoville, der Horrorromanautor, der genauso heiß war wie sein Nachname. Er war groß, dunkel und grüblerisch und sah aus, als sei er direkt einem seiner eigenen Romane entsprungen. Er stand ein wenig abseits der Gruppe, den Blick auf den fernen Horizont gerichtet.

Clary konnte sich ein Kichern nicht verkneifen. Sie war im Begriff, eine Woche auf einer abgelegenen Insel mit einer Frau zu verbringen, die mit ihrer Handtasche sprach, einem Mann, der aussah, als wäre er ständig am Rande einer Panikattacke, einer Frau, die wahrscheinlich mehr Follower in den sozialen Medien hatte als Clary Wörter in ihrem neuesten Roman, und einem Mann, der aussah, als würde er für die Rolle des "mysteriösen Fremden" in einem Noir-Film vorsprechen.

"Nun, Darcy", sagte sie, obwohl ihre Katze sicher bei Tante Em war, während sie ihr Handy zückte, um Emily eine kurze SMS zu schicken. "Das wird ein verdammt guter Rückzug."

Sie tippte schnell eine Nachricht ein, ihre Finger tanzten über den Bildschirm. *"Hey, Em, ich wollte mich nur melden. Wie geht es unserem pelzigen Entfesselungskünstler?"*

Als sie auf Senden drückte, fühlte sie ein schlechtes Gewissen, weil sie Mr. Darcy zurückgelassen hatte, aber Emily war ein guter Katzensitter, auch wenn sie sich über Darcys Ständchen um drei Uhr morgens beschwerte. Und außerdem hatte Clary mit der bevorstehenden Klausur schon genug zu tun.

Als sie an Bord des Schiffes gingen, war die Spannung so groß, dass sie sie mit einem Messer durchschneiden konnte. Oder mit einem besonders scharfen Federkiel, überlegte Clary und warf einen Blick auf ihre Autorenkollegen. Sie sahen alle so aus, als wären sie eher auf dem Weg zum Galgen als zu einem Schriftsteller-Refugium.

Martha umklammerte ihre Handtasche wie eine Rettungsleine, ihre Knöchel waren weiß. Sie murmelte etwas vor sich hin, vielleicht ein Rezept. Clary fragte sich, ob es ein Gericht für ein gemütliches Essen war. Sie könnte jetzt wirklich etwas Gutes zu essen gebrauchen.

Timothy ging auf dem Deck auf und ab, sein Buch fest umklammert in den Händen. Er sah aus, als würde er etwas rezitieren, wahrscheinlich eines seiner Selbsthilfe-Mantras. Clary hoffte, dass es funktionierte, denn er sah so aus, als wäre er zwei Sekunden davon entfernt, über Bord zu springen.

Bella hingegen war immer noch in ihr Telefon vertieft. Ihre Finger flogen über den Bildschirm, wahrscheinlich twitterte sie über die Klausur. Clary konnte sich die Hashtags gut vorstellen: **#WritersRetreat #NervousWreck #TooPrettyForThis.**

# FATAL KORREKTUREN

Und dann war da noch Ethan. Er lehnte an der Reling, den Blick auf den Horizont gerichtet. Clary fragte sich, ob er seinen nächsten Roman plante oder nur versuchte, einem Gespräch aus dem Weg zu gehen.

Während das Boot dahin tuckerte und die Insel mit jeder Minute näher kam, spürte Clary ein Gefühl des drohenden Untergangs. Sie zückte ihr Handy, um Emily eine weitere SMS zu schicken. *"Wenn ich es nicht zurückschaffe, sag Darcy, dass ich ihn liebe, und er kann Haarballen in meine Lieblingspantoffeln kotzen."*

Seufzend drückte sie auf Senden und steckte ihr Handy weg, als ihre Schwester nicht sofort antwortete. Emily arbeitete, wie ein verantwortungsbewusster Neunundfünfziger, also würde sie wahrscheinlich erst in ein paar Stunden zurückschreiben. Sie wünschte sich nur moralische Unterstützung, schließlich musste sie eine Klausur überleben. Vielleicht würde es nicht so schlimm sein, wie sie befürchtet hatte. Oder vielleicht wäre es schlimmer, als sie es sich vorstellte, und sie hatte eine lebhafte Fantasie.

Als das Boot dahin tuckerte, wurde die Stille zu viel für Clary. Sie räusperte sich und wandte sich an Martha. "Also, Martha, arbeitest du an irgendwelchen spannenden Rezepten?"

Martha sah mit großen Augen auf. "Oh, ja. Ich habe mit glutenfreiem Gebäck experimentiert. Es ist eine ziemliche Herausforderung, wissen Sie."

Clary nickte, ihre Kenntnisse über glutenfreie Produkte beschränkten sich auf einen katastrophalen Versuch, Kekse zu backen. "Klingt interessant."

Timothy, der ihr Gespräch mitgehört hatte, sagte. "Ich habe versucht, mehr glutenfreie Mahlzeiten in meine Ernährung einzubauen. Das soll gut sein, um Stress abzubauen."

Ethan schnaubte, ohne den Blick vom Horizont abzuwenden. "Ich bezweifle, dass eine Diät den Stress, den der Umgang mit Brenna Cath verursacht, reduzieren kann."

Bella blickte von ihrem Telefon auf, ein Grinsen umspielte ihre Lippen. "Vielleicht die Diät ohne Luft. Der Tod könnte die einzige Möglichkeit sein, zu entkommen."

Das Gespräch versank wieder in Schweigen, aber dieses Mal war es ein angenehmeres Schweigen. Sie saßen alle im selben Boot, buchstäblich und im übertragenen Sinne, und darin lag ein seltsamer Trost.

Clary lehnte sich zurück und beobachtete, wie die Insel näher kam. Sie hatte das Gefühl, dass diese Exerzitien alles andere als langweilig werden würden. Das Boot schaukelte auf den Wellen, die Autoren schaukelten auf einem Meer von Unruhe, und irgendwo in der Ferne spitzte Brenna Cath wahrscheinlich ihre roten Stifte an.

"Hat jemand Lust auf eine Runde 'I spy'?", fragte Clary und brach das Schweigen. "Ich fange an. Ich erspähe mit meinem kleinen Auge etwas, das mit 'D' beginnt."

"Furcht?" schlug Timothy vor, mit großen Augen hinter seiner Brille.

"Untergang?" fügte Ethan hinzu und riss seinen Blick endlich vom Horizont los.

"Doughnuts?", fragte Martha hoffnungsvoll und griff instinktiv nach ihrer Handtasche.

"Drama", sagte Bella und richtete ihren Blick wieder auf ihr Handy.

Clary lachte und schüttelte den Kopf. "Nö, es war Dock, aber deine Antworten gefallen mir besser."

Als das Boot in den Hafen einlief, erschauderte Clary. Sie war im Begriff, sich mit dem gefürchtetsten Redakteur der Verlagswelt und einer Gruppe von Autoren, die Figuren in ihren eigenen Romanen sein könnten, auf einen Rückzug zu begeben. Was konnte da schon schief gehen?

# Zweites Kapitel

DAS BOOT STIESS GEGEN den Steg, und das Geräusch hallte in der Stille wider. Einer nach dem anderen gingen die Autoren von Bord, ihre Gesichter eine Mischung aus Vorfreude und Furcht. Clary war die letzte, die von Bord ging. Ihr Blick fiel auf das imposante Haus, das sich in der Ferne abzeichnete.

Es war ein großes altes Herrenhaus, dessen einst leuchtende Farben durch Zeit und Wetter verblasst waren. Efeu kroch die Wände hinauf und umrahmte die abgedunkelten Fenster wie ein Bilderrahmen der Natur. Es war die Art von Haus, die die perfekte Kulisse für einen von Ethans Horrorromanen sein würde.

Martha war die erste, die das Schweigen brach. "Na, ist das nicht... kurios", sagte sie, wobei ihre Stimme leicht schwankte. Sie umklammerte ihre Handtasche fester, als ob sie erwartete, dass jeden Moment ein Geist herausspringen und sich mit ihrer Feuchtigkeitscreme davonmachen würde.

Timothy blätterte bereits in seinem Buch und seine Lippen bewegten sich leise, während er las. Clary fragte sich, ob er nach einem Kapitel darüber suchte, wie man ein gespenstisches Haus überlebt.

Bella hingegen machte Fotos und ließ ihr Handy klicken. Clary konnte schon die Instagram-Titel sehen: #HauntedMansion **#WritersRetreat #SendHelp**.

Ethan starrte auf das Haus, ein seltsames Lächeln auf seinem Gesicht. "Ich wollte schon immer einmal in einem Spukhaus wohnen", sagte er mit aufgeregter Stimme.

Clary verdrehte die Augen, ein Lächeln umspielte ihre Lippen. "Hoffen wir, dass es nicht wirklich spukt."

Mit einem gemeinsamen tiefen Atemzug gingen sie auf das Haus zu. Die Haustür öffnete sich knarrend und gab den Blick auf einen großen Flur frei. Staubflocken schwebten in der Luft und tanzten in den Lichtfetzen, die durch die schweren Vorhänge fielen.

Als sie das Haus erkundeten, offenbarte jeder Raum ein neues Stück Geschichte. Ein Flügel im Salon, dessen Tasten vom Alter vergilbt waren, eine Bibliothek voller Bücher, deren Seiten brüchig waren und nach Zeit rochen, und ein Esszimmer mit einem langen Tisch, der so gedeckt war, als ob er Gäste erwartete.

Das Haus war gruselig, ja, aber es war auch faszinierend. Es war wie eine Reise in die Vergangenheit, jeder Raum ein Schnappschuss einer vergangenen Ära. Sie konnte fast das Lachen und die Gespräche hören, die einst diese Räume erfüllten.

Sie verteilten sich, um ihre Zimmer zu finden, ein Spiel der unheimlichen Reise nach Jerusalem. Clarys Zimmer lag im zweiten Stock, ein gemütlicher Raum mit einem Himmelbett und einem Fenster mit Blick auf das Meer. Sie packte gerade aus, ihre Kleidung bildete einen farbenfrohen Kontrast zu der verblassten Eleganz des Zimmers, als ein Klopfen durch den Raum hallte.

"Kommen Sie herein", sagte sie und erwartete einen der Autoren.

Stattdessen öffnete sich die Tür knarrend und gab den Blick auf Brenna Cath frei. Ihre Silhouette füllte die Tür, eine dunkle Wolke, die das Sonnenlicht auslöschte. Der Raum schien in ihrer Gegenwart zu schrumpfen, die Luft wurde kälter. Sie machte sich nicht die Mühe einer Begrüßung, sondern sagte mit einer Stimme so scharf wie ein Skalpell: "Ich hoffe, Sie sind bereit zu arbeiten."

Clary richtete sich auf, ihr Herz klopfte. Sie begegnete Brennas Blick, eine Herausforderung in ihren Augen. "Das bin ich immer. Du kennst mich."

Ein Lächeln flackerte auf Brennas Gesicht, so kurz und kühl wie ein Wintertag. "Ja, ich weiß. Deshalb habe ich Sie eingeladen."

Clary konnte nicht anders, als eine Augenbraue zu heben. "Und ich dachte, du hättest mich eingeladen, weil du meine sprühende Persönlichkeit magst."

Brennas Lachen war trocken, ein Klang, der noch lange im Raum widerhallte, nachdem es geendet hatte. "Deine Persönlichkeit ist so spritzig wie ein drei Tage alter Fisch. Zum Glück sind Ihre Figuren lebendiger." Damit machte sie auf dem Absatz kehrt und verließ den Raum, wobei sich die Tür mit einem leisen Klicken hinter ihr schloss. Der Raum schien aufzuatmen, die Spannung ließ etwas nach.

Clary stieß einen Seufzer aus. "Darcy", sagte sie in den leeren Raum, "das wird ätzend."

Sie kehrte zum Auspacken zurück, während ihr die Gedanken durch den Kopf schwirrten. Brenna Cath war hier, und sie meinte es ernst, aber Clary war nicht diejenige, die vor einer Herausforderung zurückschreckte. Sie war hier, um zu schreiben, und das würde sie auch tun. Selbst wenn es bedeutete, sich dem Sturm, der Brenna Cath war, zu stellen.

Sie war die erste, die die Treppe zum Abendessen hinunterging, ihr Magen knurrte wie ein verärgerter Bär. Aus der Küche duftete es nach Essen, ein verlockender Geruch, der mehr versprach als nur die gewohnte Dosensuppe.

Sie wollte sich gerade auf den Weg ins Esszimmer machen, als sie Ethan bemerkte. Er stand am Fenster, seine Silhouette umrahmt vom schwindenden Licht des Tages. Er sah ... nachdenklich aus, wie ein Philosoph, der über den Sinn des Lebens nachdenkt, oder ein Schriftsteller, der versucht, sich eine mörderische Wendung auszudenken.

"Versuchen Sie herauszufinden, ob es der Butler war?", fragte Clary und schlich sich neben ihn.

Ethan drehte sich um, ein Grinsen zupfte an seinen Mundwinkeln.

"Ich genieße nur die Aussicht."

Clary folgte seinem Blick und nahm die feurigen Schattierungen des Sonnenuntergangs in sich auf. "Es ist wunderschön, wie ein Gemälde von Bob Ross."

Ethan gluckste, und das Geräusch vermischte sich mit dem fernen Rauschen der Wellen. "Glückliche kleine Bäume eingeschlossen."

Ihr gemeinsames Lachen hallte im Raum wider, ein Moment der Kameradschaft, aber der Moment war flüchtig und wurde durch das Geräusch von Schritten unterbrochen. Der Rest der Autoren kam herunter, ihre Stimmen waren eine Symphonie aus Erwartung und Angst.

"Ich denke, es ist Zeit, sich der Musik zu stellen. Oder in diesem Fall, dem Abendessen."

Ethan nickte, seine Augen funkelten amüsiert. "Nach dir."

Als sie sich auf den Weg in den Speisesaal machten, verspürte Clary einen seltsamen Optimismus. Sie saßen schließlich alle im selben Boot, und vielleicht würde dieser Rückzugsort nicht so schrecklich sein wie ein Raum voller Clowns.

Der Speisesaal war eine prachtvolle Angelegenheit, der lange Tisch mit einer Reihe von Gerichten gedeckt, die Marthas Kochbücher vor Neid erblassen lassen würden. Die Autoren versammelten sich, ihre Gespräche waren ein leises Summen im Hintergrund. Clary fand sich zwischen Ethan und Timothy wieder, der bereits in seinem Selbsthilfebuch blätterte, wahrscheinlich auf der Suche nach Tipps, wie man ein Abendessen mit Brenna Cath überleben könnte.

Brenna, die am Kopfende des Tisches saß, hob ihr Glas, und der Glockenschlag ließ den Raum verstummen. "Ich möchte einen Toast aussprechen", sagte sie, ihre Stimme war schärfer als die Steakmesser, "auf einen produktiven Rückzug."

Gläser klirrten, und das Geräusch hallte in der darauf folgenden Stille wider. Brenna fuhr fort und ließ ihren Blick über die Autoren schweifen. "Ich hoffe, ihr habt alle eure besten Arbeiten mitgebracht. Schließlich gibt es immer Raum für Verbesserungen. Oder es gibt die Möglichkeit, keinen Raum zu haben."

Die verschleierte Drohung hing in der Luft, wie eine Guillotine, die zum Fallen bereit war. Clary tauschte einen Blick mit Ethan, dessen Blick ihr Unbehagen widerspiegelte. Der Raum war voller Spannung, die Autoren plötzlich so steif wie das gestärkte Tischtuch.

Brennas Lächeln war so kalt wie der gekühlte Wein. "Genießen Sie Ihr Essen."

Bella hatte ihr Handy bis zu diesem Moment nicht weggelegt. Es landete mit einem *dumpfen Aufschlag auf* dem Tisch. "Igitt, warum kann ich nicht posten? Weißt du, wie viele Instagram- und TikTok-Follower auf meine Updates zu diesem Du...retreat warten?"

Brennas Lächeln wurde breiter, wie ein Hai, der seine Beute umkreist. "Oh, habe ich das nicht erwähnt? Hier gibt es weder Internet- noch Telefonanschluss. Betrachten Sie das als Teil der Rückzugserfahrung."

Bellas Mund stand offen, ihre Augen waren vor Entsetzen weit aufgerissen. "Kein Internet? Kein Telefon? Aber meine Follower..."

Clary konnte sich ein Kichern nicht verkneifen. "Willkommen im finsteren Mittelalter, Bella."

Brenna hob eine Hand, um Bellas drohenden Ausbruch zum Schweigen zu bringen. "Mach dir keine Sorgen. Wir haben ein Funkgerät für Notfälle. Und jetzt lass uns unser Abendessen genießen, ja?"

Als das Essen fortgesetzt wurde, lief ihr ein Schauer über den Rücken. Der Rückzug hatte offiziell begonnen, und sie waren isolierter, als sie gedacht hatte. Es war klar, dass Brenna nicht hier war, um nett zu sein, aber andererseits war Clary auch nicht hier. Sie war hier, um zu schreiben, und sie würde verdammt sein, wenn sie sich von Brenna abschrecken ließ. Schließlich war die Feder mächtiger als das Schwert, wie man so schön sagt. Und Clary war bereit für den Kampf.

Im Laufe des Abendessens floss die Unterhaltung wie Melasse im Januar. Martha versuchte, über ihr neuestes glutenfreies Backexperiment zu sprechen, und ihre Hände kneteten einen unsichtbaren Teig in der Luft. "Glutenfrei ist die Zukunft", betonte sie, ihre Augen weit vor Begeisterung, die irgendwie vorgetäuscht schien, während sie alle paar Sekunden nervös zu Brenna blickte.

Auf der anderen Seite des Tisches nickte Timothy und klopfte nervös mit den Fingern auf sein Buch. "Ich habe gehört, dass es gut ist, um Stress abzubauen." Das schien seine Standardantwort auf Marthas Geplapper über Gluten zu sein.

Ethan, den Blick auf seinen Teller gerichtet, stöhnte. "Ich bin dabei, wenn es den Stress mit Br...dies reduziert."

Brenna, die am Kopfende des Tisches saß, stieß ein Lachen aus, das sich eher wie das Gackern einer Hyäne anhörte. "Ethan, Liebes, wenn du gestresst bist, solltest du Timothys Buch ausprobieren. Ich habe gehört, dass es ein echtes Heilmittel gegen Schlaflosigkeit ist."

Der Tisch wurde still, die Autoren tauschten unruhige Blicke aus. Sie spürte, wie die Spannung stieg, wie ein Ballon, der zu platzen drohte.

In diesem Moment schwang die Tür auf und gab den Blick auf einen Mann frei, der einen Stapel Papiere in den Händen hielt und einen erschöpften Eindruck machte. Adrian, Brennas gestresster Assistent. Er winkte den Autoren kurz zu, bevor er sich auf den Weg zu Brenna machte und ihr etwas ins Ohr flüsterte, während sein Blick kurz auf Bella ruhte, bevor er sich schnell entfernte, als sie sich von ihm abwandte. Offensichtlich hatte sie keine Zeit für niedere Assistenten.

Brennas Lächeln schwankte nicht, aber ihre Augen wurden hart. Sie wandte sich wieder dem Tisch zu und ließ ihren Blick über die

Autoren schweifen. "Adrian hat eure neuesten Kapitel erhalten und sagt mir, dass sie alle furchtbar sind."

Sie runzelte die Stirn, weil sie das für unfair hielt, zumal Adrian darum gebeten hatte, sie in letzter Minute vor der Abreise zu schicken. "Es scheint, als hätten wir diese Woche alle Hände voll zu tun. Martha, dein Gebäck könnte weniger Gluten und mehr Geschmack vertragen. Timothy, dein Selbsthilfebuch könnte weniger Fachjargon und mehr... Hilfe vertragen. Und Ethan, deine Horrorgeschichten könnten ein bisschen weniger schrecklich sein. Clary... du bist so wie immer." Sie ließ das wie ein persönliches Versagen klingen, obwohl Clary es verstand, die Wünsche ihrer Leser zu erkennen und sie ihnen auf neue Weise zu vermitteln.

Bella schien nervös zu sein und erwartete offensichtlich auch Brennas bissige Bemerkungen.

Stattdessen wandte der böse Redakteur seinen Blick wortlos von ihr ab, bevor er sich an die anderen wandte. "Ich schlage vor, dass Sie alle eine gute Nachtruhe bekommen. Ihr werdet ihn brauchen."

Nach dem Abendessen begaben sich die Autoren in den Aufenthaltsraum, einen Raum, der aussah, als sei er von jemandem mit einer Vorliebe für Taxidermie und einem Mangel an Zurückhaltung eingerichtet worden. Brenna hatte sich mit einem knappen Nicken entschuldigt und die Autoren in fassungslosem Schweigen zurückgelassen. Es war, als wäre die Böse Hexe gegangen, und sie waren die Munchkins, die im plötzlichen Sonnenlicht blinzelten.

Clary fühlte sich zu Bella, der neuen Liebesromanautorin, hingezogen. Sie saß allein, den Blick auf einen ausgestopften Elchkopf über dem Kamin gerichtet. Es lag eine gewisse Verzweiflung in ihren Augen, ein Hunger, den Clary nur zu gut erkannte.

"Bella, wie gefällt dir der Rückzug bis jetzt?"

Bella drehte sich um, ihr Lächeln war ein wenig zu strahlend. "Es ist ... lehrreich. Ich war noch nie in einem Raum mit so vielen Egos."

Clary lächelte und erinnerte sich an ihren ersten Rückzug. "Es kann überwältigend sein, aber es ist auch eine großartige Gelegenheit, zu lernen und zu wachsen."

Bellas Lächeln wurde schwächer, ihr Blick fiel auf ihre Hände. "Ich hoffe nur, dass ich mithalten kann. Ich meine, du bist Clary Lane. Deine Bücher sind ... überall."

Clary spürte einen Anflug von Mitleid. "Danke, aber ich war einmal da, wo Sie jetzt sind. Wir fangen alle irgendwo an."

Bella blickte auf, ihre Augen waren von einer grimmigen Entschlossenheit erfüllt. "Ich will erfolgreich sein. Ich will Bücher schreiben, die die Leute lieben, die sie etwas fühlen lassen."

Clary streckte die Hand aus und drückte Bellas Hand beruhigend. "Und das wirst du. Schreib einfach weiter, lerne und vor allem, glaube weiter an dich."

Bellas Blick flackerte zu Clarys Hand auf ihrer, ein Hauch von Neid lag in ihren Augen. "Ich schon, und ich bin nicht hierher gekommen, um Freunde zu finden. Ich bin hierher gekommen, um zu gewinnen."

Als sie ihre Hand wegzog, spürte Clary ein Frösteln. Der Rückzug hatte gerade erst begonnen, und schon fuhren die Krallen aus.

Clary überließ Bella ihren ehrgeizigen Überlegungen und ging zu den anderen. Martha war mitten in einem leidenschaftlichen Monolog über die Vorzüge des biologischen Anbaus. "Siehst du", sagte sie, während ihre Hände ein unsichtbares Gemüse in der Luft formten, "wenn du dein eigenes Essen anbaust, ernährst du nicht nur deinen Körper. Sie ernähren auch Ihre Seele."

Timothy, der hinter seiner Brille große Augen machte, beugte sich vor. "Das ist faszinierend. Glauben Sie, dass es einen Zusammenhang zwischen der Nahrung, die wir essen, und unserem geistigen Wohlbefinden gibt?"

Martha nickte enthusiastisch. "Auf jeden Fall. Wenn wir unseren Körper mit gesunder Nahrung versorgen, wirkt sich das positiv auf unsere geistige Gesundheit aus."

Er nickte zustimmend. "Das ist sehr aufschlussreich. Ich sollte in mein nächstes Buch ein Kapitel über ökologischen Landbau aufnehmen. Nourishing the Soul: A Guide to Inner Peace through Organic Farming."

Ethan, der mit der Intensität eines Mannes, der versucht, telepathisch mit dem Feuer zu kommunizieren, ins Feuer gestarrt hatte, schnaubte. "Ich glaube, ich bleibe bei meiner Diät aus Pizza und Verzweiflung, danke."

Clary konnte sich ein Lachen nicht verkneifen. "Ethan, du bist ein wahrer Sonnenschein, weißt du das?"

Ethan drehte sich zu ihr um, ein Grinsen umspielte seine Lippen. "Ich will ja gefallen, aber im Ernst, ich denke, wir sind uns alle einig, dass der wahre Schlüssel zum geistigen Wohlbefinden darin liegt, diesen Rückzug mit Brenna zu überleben."

Der Raum füllte sich mit Gelächter, eine gemeinsame Kameradschaft in ihrer gegenseitigen Furcht vor ihrem Herausgeber. Als das Gelächter verstummte, wandte sich Clary an Timothy. "Also, worum geht es in deinem neuesten Selbsthilfebuch?"

Timothy rückte seine Brille zurecht, eine nervöse Angewohnheit, die Clary aufgefallen war. "Es geht darum, inneren Frieden zu finden, indem man sich auf Veränderungen einlässt. Ich glaube, dass Veränderungen, auch wenn sie oft beängstigend sind, ein natürlicher Teil des Lebens sind, den wir lernen sollten, zu akzeptieren, anstatt uns dagegen zu wehren."

Ethan hob eine Augenbraue. "Klingt wie etwas, das Brenna lesen sollte."

Wieder brach der Raum in Gelächter aus, und sogar Timothy kicherte hinter vorgehaltener Hand. Das Gespräch ging von da an weiter, jeder Autor erzählte von seiner Arbeit, seinem Prozess und seinen Schwierigkeiten. Sie sprachen von langen Nächten und frühen Morgen, von Schreibblockaden und plötzlichen Eingebungen, von der

Freude über einen gut formulierten Satz und der Frustration über ein Handlungsloch.

Martha erzählte von ihrem Weg von der Hausköchin zur Kochbuchautorin, und ihre Augen leuchteten, als sie von ihrer Liebe zum Essen sprach. "Essen ist mehr als nur Nahrungsaufnahme", sagte sie. "Es ist eine Möglichkeit, Menschen zusammenzubringen und Erinnerungen zu schaffen.

Ethan erzählte mit seinem typischen trockenen Humor von seinen Erfahrungen beim Schreiben von Horrorgeschichten. "Es hat etwas Kathartisches, die Leute zu Tode zu erschrecken", sagte er mit einem bösen Schimmer in seinen dunklen Augen.

Im Laufe des Abends fühlte sich Clary von ihren Geschichten und ihrer Leidenschaft für ihr Handwerk angezogen. Trotz ihrer unterschiedlichen Genres teilten sie alle die gleiche Liebe zum Geschichtenerzählen und den gleichen Wunsch, das Leben der Menschen durch ihre Worte zu berühren.

Als der Abend sich dem Ende zuneigte, zogen sich die Autoren in ihre jeweiligen Zimmer zurück. Der Sturm, der sich den ganzen Tag über zusammengebraut hatte, war nun in vollem Gange, der Wind heulte wie eine Todesfee und das Meer wogte unruhig hin und her. Clary stand an ihrem Fenster und beobachtete den Sturm mit einem Gefühl von Ehrfurcht und Beklemmung.

Sie holte ihr Handy heraus und fuhr mit den Fingern über das Display, während sie Emily eine SMS schrieb, obwohl sie keinen Empfang hatte. "*Tag 1: Abendessen mit Brenna überlebt. Ethan ist ein Horror-Romanautor mit einer Diät aus Pizza und Verzweiflung. Martha ist auf der Mission, die Welt glutenfrei zu machen. Timothy ist ein Nervenbündel mit einem Selbsthilfebuch für jede Situation. Bella ist eine tickende Zeitbombe voller Ehrgeiz. Wünscht mir Glück.*"

Nach einem kurzen Moment schickte sie eine weitere Nachricht. "*Im originalen Spukhaus-Klischee, aber noch keine Geister. Die Nacht ist aber noch jung.*"

Sie verbrachte noch ein paar Minuten damit, den Sturm zu beobachten, dessen Blitze die aufgewühlte See beleuchteten, bevor sie beschloss, die Nacht zu beenden. Als sie in ihr Himmelbett kroch, der Wind durch die Ritzen pfiff und das Haus knarrte, fragte sich Clary, was morgen wohl passieren würde. Mit einem letzten Blick auf den Sturm draußen schaltete sie die Lampe aus und gab sich dem Schlaf hin.

# Drittes Kapitel

DER STURM WAR IN VOLLEM Gange, als Clary erwachte und das Haus unter dem Ansturm von Wind und Regen ächzte. Sie lag im Bett, ihr Herz pochte im Takt des Donners draußen. Irgendetwas fühlte sich seltsam an, ein kribbelndes Gefühl der Unruhe, das nichts mit dem Sturm zu tun hatte.

Sie stieg aus dem Bett und wickelte ihren Morgenmantel gegen die Kälte um sich. Im Haus war es unheimlich still, das einzige Geräusch war das Heulen des Windes und das gelegentliche Knarren der alten Holzdielen. Sie ging zum Fenster und beobachtete den Sturm, der draußen tobte. In diesem Moment der stillen Kontemplation sah sie es - eine Gestalt, die regungslos im Garten hinter dem Haus lag.

Ihr Herz setzte einen Schlag aus. Sie blinzelte und versuchte, die Gestalt durch die Regenschauer zu erkennen. Es war Brenna. Clarys Atem stockte. Sie lag mit dem Gesicht nach unten im Schlamm, ihr Körper war gespenstisch still.

Sie eilte aus ihrem Zimmer, ihre Gedanken rasten. Sie fand Ethan im Flur, sein Gesicht war im schwachen Licht blass. "Ethan", keuchte sie, ihre Stimme war wegen des Sturms kaum zu hören, "es ist Brenna. Sie ist im Garten. Sie bewegt sich nicht."

Seine Augen weiteten sich, und er folgte ihr zum nächstgelegenen Flurfenster, um auf den Garten hinunterzublicken. Der Horrorromanautor sah wirklich erschrocken aus.

"Hilfe!" rief Clary, und ihre Stimme hallte durch das Haus. "Irgendetwas ist mit Brenna passiert."

Einer nach dem anderen kamen die Autoren aus ihren Zimmern, in ihren Gesichtern spiegelte sich dieselbe Angst wider. Als sie sich auf dem Flur versammelten, blickten sie einander und dem Sturm draußen entgegen.

"Was ist los?", fragte Bella sichtlich irritiert, während sie sich den Gürtel ihres Bademantels zuband.

"Brenna...ich glaube, sie ist tot."

Ein kollektives Aufatmen folgte auf Clarys Worte. Die Nachricht von Brennas Tod traf sie wie ein physischer Schlag. Martha stieß einen Schrei aus, ihre Hand flog zum Mund. Timothy ließ sein Selbsthilfebuch fallen, seine Augen weit aufgerissen, obwohl er wohl seine Brille vergessen hatte. Ethan sah aus, als wäre er gerade in einen seiner eigenen Romane hineingeraten. Bella war die Einzige, die unheimlich ruhig blieb.

"Das kann nicht sein", sagte sie fest. "Brenna Cath konnte nicht sterben."

"Für mich sieht sie ziemlich tot aus", sagte Clary und zeigte auf das Fenster, das ihnen am nächsten war.

Einen Moment lang standen sie alle dicht gedrängt um das Fenster herum, als ihnen die Realität bewusst wurde. Brenna, die Frau, die sie alle in unterschiedlichem Maße gefürchtet, gehasst und respektiert hatten, war tot. Und sie saßen mit ihrer Leiche auf einer Insel fest.

Bella brach das Schweigen. "Wir müssen die Behörden anrufen", sagte sie mit fester Stimme.

Clary nickte und zückte ihr Handy, nur um die nur allzu bekannte Benachrichtigung "Kein Empfang" zu erhalten. Sie stieß einen frustrierten Seufzer aus, das Gewicht ihrer Situation lastete auf ihren Schultern. "Hier gibt es kein Signal. Schon vergessen?"

Sie waren auf einer Insel mit einer Leiche gefangen und hatten keine Möglichkeit, Hilfe zu holen.

"Aber Brenna hat ein Funkgerät erwähnt", sagte Martha. "Damit können wir Hilfe rufen."

Die Autoren tauschten Blicke aus, ihre Gesichter waren blass und gezeichnet. Der Sturm draußen tobte weiter und spiegelte die Unruhe im Haus wider.

Martha runzelte die Stirn. "Worauf warten wir noch? Lasst uns das Funkgerät suchen."

Als sie zur Tat schritten, kam Clary ein beängstigender Gedanke in den Sinn. Sie waren nicht nur auf einer Insel mit einer Leiche gefangen, sondern auch mit einem Mörder. Und bis Hilfe eintraf, waren sie alle potenzielle Opfer.

Mit einem neuen Gefühl der Dringlichkeit machten sie sich auf den Weg zu Brennas Büro, in der Hoffnung, dass dies der logischste Ort für die Aufbewahrung des Funkgeräts war. Der Raum war so imposant wie die Frau selbst, gefüllt mit dunklen Möbeln, die wenig benutzt aussahen, und dem unverkennbaren Geruch von starkem Kaffee. Das Radio stand auf dem Schreibtisch, ein Relikt aus einer anderen Zeit.

Clary griff danach, ihr Herz pochte in ihrer Brust. Sie drehte an den Knöpfen, aber sie hörte nur ein Rauschen. Bei näherer Betrachtung erkannte sie den Grund - die Kabel auf der Rückseite waren durchtrennt worden. "Es ist sabotiert", sagte sie, ihre Stimme kaum über ein Flüstern hinaus.

Der Raum wurde still, das einzige Geräusch war das Heulen des Windes draußen. Die Folgen waren klar: Sie waren nicht nur auf der Insel gefangen, sondern jemand wollte auch nicht, dass sie die Insel verließen oder Hilfe holten.

"Wir müssen das Boot überprüfen", sagte Ethan, dessen Stimme trotz der Angst in seinen Augen fest klang.

Clary nickte und zog ihre Jacke an, nachdem sie sie von der Garderobe im Flur geholt hatte. "Dann lass uns gehen."

Als Ethan nach seiner eigenen Jacke griff, bemerkte Clary, dass sein Haar nass war. "Warst du schon draußen?", fragte sie mit zusammengekniffenen Augen. Ethan fuhr sich mit der Hand durch sein feuchtes Haar. "Nein, ich habe gerade geduscht. Ich war auf dem Weg nach unten, um einen Snack zu essen, als ich dir begegnete. Ich habe Probleme, an neuen Orten zu schlafen."

Clary nickte, obwohl ein kleiner Zweifel in ihr aufkeimte. Sie trotzten dem Sturm und machten sich auf den Weg zur Anlegestelle. Das Boot lag an der Anlegestelle und schwankte heftig im kabbeligen Wasser. Das Boot war da, aber eine schnelle Inspektion ergab, dass der Motor manipuliert worden war. Sie saßen wirklich in der Falle.

Mit einem gemeinsamen Blick des Grauens, durchnässt und fröstelnd, kehrten Clary und Ethan ins Haus zurück. Die anderen warteten im Wohnzimmer, ihre Gesichter blass im flackernden Feuerschein. Clary konnte sich des Eindrucks nicht erwehren, dass sie alle wie Figuren aus einem von Ethans Horrorromanen aussahen - gefangen in einem Spukhaus mit einer Leiche und ohne die Möglichkeit, um Hilfe zu rufen. Es wäre lustig gewesen, wenn es nicht so erschreckend real gewesen wäre.

"Das Boot wurde sabotiert. Wir sitzen hier fest", sagte Clary. Der Raum wurde still, das einzige Geräusch war das Knistern des Feuers und der Sturm, der draußen tobte. Sie sahen sich alle an. Sie waren auf einer Insel mit einem Mörder gefangen.

Martha klang am Rande der Panik. "Das ist genau wie in einem deiner Romane, nicht wahr, Ethan?", sagte sie mit zittriger Stimme. "Eine Gruppe von Menschen, die in einem Spukhaus gefangen sind, in dem ein Mörder sein Unwesen treibt."

Ethan, der sich mit den Händen durch das nasse Haar wuschelte, sah auf. "Normalerweise schreibe ich übernatürlichen Horror, aber ich wünschte, es wäre nur ein Roman, Martha."

Timothy, der in seinem Selbsthilfebuch geblättert hatte, räusperte sich. "Wir müssen ruhig und vernünftig bleiben. Panik hilft uns nicht." Bella, die bis jetzt geschwiegen hatte, ergriff das Wort. "Timothy hat recht. Wir müssen uns überlegen, was wir als nächstes tun." Clary konnte sich ein Schnauben nicht verkneifen. "Ich nehme nicht an, dass du in deinem Buch ein Kapitel darüber hast, was zu tun ist, wenn man mit einem Mörder auf einer Insel gefangen ist, Timothy?"

Bella warf ihr einen bösen Blick zu, aber Clary zuckte nur mit den Schultern. Wenn sie schon auf dieser Insel sterben musste, dann wollte sie es mit ihrem seltsamen Sinn für Humor tun.

Die Stille wurde von einem Donnerschlag durchbrochen, der sie alle zusammenschrecken ließ.

"Und wenn sie nicht tot ist?", fragte Timothy leise. "Sie ist jetzt schon eine Weile weg. Wenn sie noch am Leben ist ..."

Was für ein schrecklicher Gedanke. Warum hatte keiner von ihnen daran gedacht, das als erstes zu überprüfen? Doch wenn sie sich an den seltsamen Winkel von Brennas Körper erinnerte, bezweifelte sie, dass Timothy sich Sorgen machen musste, dass Brenna im Regen liegen und sich erkälten könnte. Nach Clarys Meinung war sie bereits eiskalt.

"Ich denke, wir sollten die Leiche holen... und nach Brenna sehen." Sie schaute sich bei den anderen um und ihr Blick blieb schließlich auf Ethan hängen, der sich gerade seine Jacke ausgezogen hatte. "Willst du mir helfen, eine Leiche durch einen tobenden Sturm zu schleppen? Ich weiß, dass das für euch Horrorautoren ein wahr gewordener Traum ist."

"Sie könnte am Leben sein", sagte Timothy steif.

Sie nickte ohne jede Überzeugung. "Sicher."

Ethan schenkte ihr ein schiefes Lächeln. "So verlockend das auch klingt, ich glaube, ich verzichte."

Clary rollte mit den Augen. "Gut. Dann schlage ich vor..." Ihr Blick fiel auf Timothy, der aussah, als würde er versuchen, mit den Sofakissen eins zu werden. "Timothy, da du so besorgt bist, dass sie noch lebt. Glückwunsch, du wurdest für den Leichenbergungsdienst ausgewählt." Timothys Augen wurden hinter seiner Brille groß. "Ich? Aber ich ... ich glaube nicht ..." Clary packte ihn am Arm und zog ihn auf die Beine. "Keine Zeit zum Nachdenken. Wir haben einen Überlebenden zu retten... oder eine Leiche zu bergen."

Sie zerrte einen stotternden Timothy hinaus in den Sturm, Ethan folgte ihnen widerwillig, nachdem er sich wieder seine Jacke geschnappt hatte. Der Wind peitschte ihnen ins Gesicht, als sie sich auf den Weg in den Garten machten. Brennas Leiche lag dort, wo sie sie vorhin gesehen hatten, in derselben Position, ihre blasse Haut wurde durch den dunklen Schlamm, der sie bedeckte, noch gespenstischer.

"Willst du nach ihr sehen, Timothy?" Sie war nicht überrascht, als der nervöse Mann den Kopf schüttelte. Seufzend kniete sie sich mit einer Grimasse in den matschigen Schlamm und untersuchte die Leiche. Da sah sie ihn - einen roten Stift, der aus Brennas Brust ragte, mitten durch das Herz. "Sieht aus, als hätte jemand Brennas Bearbeitung ein bisschen zu wörtlich genommen."

Timothy sah aus, als könnte er würgen, als Ethan eine Augenbraue hochzog. "Jemand, der sich auf Ironie versteht. Der Mörder muss ein Autor sein."

Zu dritt schafften sie es, Brennas Leiche zurück ins Haus zu tragen. Sie legten sie auf die Couch im derzeit unbenutzten Wohnzimmer, die Autoren versammelten sich um sie herum, Schock und Angst in ihren Gesichtern.

"Also gut", sagte sie und wandte sich an die anderen, "wir müssen herausfinden, wer Brenna getötet hat, solange wir hier festsitzen. Irgendwelche Vorschläge, wo wir anfangen sollen, Mystery Gang?"

Der Wind heulte draußen, was ihre Isolation noch verstärkte. Das Spiel war in vollem Gange, und auf Gedeih und Verderb waren sie die Spieler.

Die Autoren sahen sich gegenseitig ausdruckslos an. Das Lösen von Rätseln war eindeutig nicht ihre Stärke.

Schließlich sagte Bella: "Sollten wir nicht Brennas Assistenten benachrichtigen? Er ist hier irgendwo, nicht wahr?"

Clary schnippte mit den Fingern. "Adrian. Ich habe ihn völlig vergessen."

Sie ließen Brennas Leiche im Wohnzimmer liegen und liefen die Treppe hinauf. Adrians Zimmer lag am Ende des Flurs. Clary hämmerte an die Tür.

"Adrian, wir müssen mit dir reden."

Er hat nicht geantwortet.

Bella kräuselte ihre Lippen. "Wahrscheinlich hat er bis spät in die Nacht mit seiner Frau geredet und ist für die Welt gestorben."

"Kein Telefon oder Internet, schon vergessen?", fragte Ethan.

Clary klopfte erneut, dieses Mal fester. Immer noch keine Antwort. Sie versuchte es mit der Klinke. Unverschlossen. Die Tür öffnete sich knarrend und gab den Blick auf einen Raum frei, der in frühmorgendliches Licht getaucht war, das durch die Fenster strömte - und auf Adrian, der mit dem Gesicht nach unten auf dem Boden lag.

Hinter Clary ertönte ein identisches Keuchen. Martha drückte ihre allgegenwärtige Handtasche an ihre Brust.

"Bitte sag mir, dass er nur betrunken ohnmächtig geworden ist", sagte Ethan.

Clary kniete sich hin und drehte Adrian um. Sein Gesicht war vor Schreck erstarrt, und ein Füllfederhalter ragte aus seiner Brust.

Clary stand auf. "Nö, nicht betrunken. Obwohl er ziemlich ruhig aussieht, wenn man bedenkt, dass er mit einem Schreibgerät erstochen wurde."

Ethan betrachtete es einen Moment lang. "Es sieht so aus, als hätte ihn jemand im Schlaf erstochen. Vielleicht ist er einfach aus dem Bett gefallen, als er erstochen wurde."

"Ich kann mir vorstellen, dass das Sinn macht, weil er sich sonst gewehrt hätte", sagte Timothy.

"Warum war Brenna dann draußen im Regen?", fragte Bella, obwohl es sie nicht wirklich zu interessieren schien.

Clary zögerte und zuckte dann mit den Schultern. "Vielleicht war sie wach und ist vor ihrem Angreifer geflohen?"

"Wenn ja, hätte sie um Hilfe rufen müssen", sagte Martha.

Sie nickte zustimmend, hatte aber immer noch keine Erklärung, während sie sich an die Autoren wandte, die mit großen Augen auf sie starrten.

"Wir haben zwei Leichen und keine Möglichkeit, Hilfe zu rufen. Sieht aus, als müssten wir selbst herausfinden, wer der Täter ist, bevor wir so enden wie sie." Sie gestikulierte auf Adrians Leiche hinunter.

Timothy sah aus, als würde ihm schlecht werden. Martha flüsterte in ihre Handtasche. Ethan hatte ein Funkeln in den Augen, das beunruhigend an Aufregung grenzte, aber das war ja auch sein Ding... irgendwie. Und Bella starrte nachdenklich auf den Stift, der aus Adrians Brust ragte.

Clary holte tief Luft. "Okay, ich weiß, ich bin eine Liebesromanautorin und keine Detektivin, aber es sieht so aus, als müsste ich mir etwas einfallen lassen. Wir können nicht einfach rumsitzen und darauf warten, dass einer nach dem anderen abgeknallt wird."

Die anderen Autoren nickten zustimmend.

"Ich werde helfen. Ich habe recherchiert, um ein Buch über einen Detektiv zu schreiben, der verfolgt wird, nachdem er eine unschuldige Person erschossen hat", sagte Ethan. Als Horrorautor waren ihm Mord und Chaos offensichtlich nicht fremd. "Das muss doch irgendwie nützlich sein, und zwei Köpfe sind besser als einer, oder?"

Clary nickte, dankbar für die Hilfe. In dieser bizarren Situation war es gut, jemanden auf ihrer Seite zu haben, auch wenn er nur wenig Erfahrung hatte.

"Großartig, du kannst mein Komplize sein... beim Lösen", sagte sie.

Ethan lächelte, und ihre Blicke trafen sich trotz der Umstände. "Das hört sich gut an."

Sie standen einen Moment da, und die Verbindung zwischen ihnen wuchs.

Clary unterbrach den Moment. "Okay, erster Schritt - die Leichen nach Hinweisen untersuchen. Willst du mir helfen, Partner?"

Die anderen standen schweigend da, während sie und Ethan Adrian untersuchten. Nicht, dass sie wussten, wonach sie suchten, aber sie stimmte Ethans vorläufiger Theorie zu, dass ihn jemand im Schlaf erstochen hatte.

"Ich frage mich, warum unser Mörder so besessen von Schreibgeräten ist?", fragte sie, während sie mit Ethans Hilfe aufstand. Die Berührung verweilte einen Moment länger als nötig.

"Genau genommen Stifte", sagte Bella ohne Tonfall.

"Wenn der Mörder ein Autor ist, ist es logisch, dass er das Handwerkszeug benutzt." Martha runzelte die Stirn. "Ich kenne aber niemanden mehr, der mit der Hand schreibt. Benutzen wir nicht alle Laptops?"

"Diktat für mich", sagte Timothy.

"Um ehrlich zu sein, ist es schwer, jemanden mit einem Laptop zu erstechen", sagte Clary mit einem schwachen Kichern. Ethan schenkte ihr ein mitleidiges Lächeln, aber niemand sonst antwortete.

"Ich denke, wir sollten ..." Sie brach nach einer Minute ab und ging auf Adrians Tür zu, während Timothy ihn mit einer Decke zudeckte. Die anderen folgten ihr, die Gruppe bewegte sich wie eine Einheit. Clary hoffte inständig, dass sie gemeinsam eine Lösung finden würden, bevor der Mörder wieder zuschlug.

# Viertes Kapitel

ZURÜCK IM AUFENTHALTSRAUM tauschten Clary und Ethan einen Blick aus, während die anderen sich zurückhielten. "Ich glaube, wir müssen alle befragen", sagte Ethan mit leiser Stimme. "Einer von ihnen muss der Mörder sein."

Clary nickte zögernd. Im Laufe des letzten Tages hatte sie ihre Autorenkollegen zu schätzen gelernt. Der Gedanke, dass einer von ihnen ein Mörder war, war schwer zu schlucken. Sie erhob ihre Stimme und wandte sich an die Gruppe. "Ich weiß, dass das unangenehm ist, aber wir müssen bedenken, dass der Mörder unter uns ist."

Sofort gab es Ausrufe des Entsetzens und der Ablehnung.

"Sie glauben doch nicht, dass es einer von uns ist", sagte Martha und umklammerte ihre Handtasche.

"Das ist absurd", spottete Timothy. "Wir sind Schriftsteller, keine Verbrecher."

Vor allem Bella schien wütend zu sein. "Wie kannst du es wagen, uns zu beschuldigen? Ihr habt keine Beweise."

Clary hob beschwichtigend die Hände. "Ich beschuldige niemanden speziell, aber Brenna hat gesagt, dass wir die Einzigen auf der Insel sind. Wenn sie also die Wahrheit gesagt hat..."

"Der Mörder muss einer von uns sein", sagte Ethan grimmig.

Bella starrte sie böse an. Die anderen bewegten sich unbehaglich und sahen sich nicht in die Augen.

"Niemand geht bei diesem Sturm nach draußen, um nach Phantomeindringlingen zu suchen", sagte Clary, "also müssen wir vorerst davon ausgehen, dass der Mörder in diesem Raum ist."

Es gab mehr Proteste, aber weniger Überzeugung dahinter. Die versammelten Schriftsteller beäugten sich gegenseitig misstrauisch. Die Unschuld ihres Rückzugs war erschüttert worden. Jemand unter ihnen war ein blutrünstiger Mörder mit einer Vorliebe für Ironie und Kugelschreiber.

Clary beschloss, Martha zu befragen. Die Kochbuchautorin schien die am wenigsten bedrohliche der Gruppe zu sein. Clary nahm Martha sanft am Arm und führte sie in die Küche. Als sie allein war, brach sie die angespannte Stille. "Martha, hattest du irgendwelche... Probleme mit Brenna?"

Martha bewegte sich nervös und begegnete Clarys Blick nicht. "Wir hatten kürzlich eine Meinungsverschiedenheit über mein Schreiben."

Clary nickte aufmunternd. "Mach weiter."

"Sie wollte, dass ich auf diesen glutenfreien, ketogenen, clean-essenden Zug aufspringe, aber das bin ich nicht", platzte Martha heraus. "Ich will keine Diäten und Lifestyle-Bücher schreiben. Ich will einfach nur über gutes Essen und die Rezepte schreiben, die Familien seit Generationen weitergeben."

Endlich begegnete sie Clarys mitfühlendem Blick. "Brenna hat gesagt, wenn ich nicht mit der Zeit gehe, wird sie meinen Vertrag kündigen." Ihre Stimme brach in einem Schluchzen.

Sie legte ihr eine Hand auf den Arm. "Es tut mir so leid, dass sie dich so behandelt hat, aber du hast doch nicht... ich meine, du würdest doch nicht..."

Marthas Augen weiteten sich. "Nein, natürlich nicht. Unsere Meinungsverschiedenheit war rein beruflicher Natur. Ich könnte Brenna nie etwas antun, egal wie grausam sie war. Sie gab mir meinen ersten Vertrag."

Clary nickte und glaubte ihr. Sie drückte Marthas Arm beruhigend, bevor sie zurück ins Wohnzimmer ging, die Kochbuchautorin hinter sich herziehend. Ein Gespräch beendet und noch drei vor uns.

Als sie ins Wohnzimmer zurückkehrte, wurde ihr klar, dass sie nicht blindlings davon ausgehen konnte, dass Martha die Wahrheit sagte. Wenn sie vorgeben wollte, eine Detektivin zu sein, musste sie auch wie eine solche denken. Wenn sie aus schrecklichen Fernsehserien etwas gelernt hatte, dann, dass dort jeder ein Lügner war - manchmal sogar die Detektive, die den Bösewicht verfolgten.

Ethan runzelte die Stirn, als sie zurückkam. "Du solltest nicht allein mit ihnen gehen. Lass uns die beiden im selben Raum verhören. Ich will sicher sein, dass du in Sicherheit bist."

Eine Welle der Wärme ließ sie erröten, aber sie versuchte, diese Reaktion zu verbergen. Ein Detektiv würde nicht nach einem potenziellen Verdächtigen sabbern, selbst wenn er zweiundsechzig groß war, dicke, dunkle Locken und verträumte, tiefgrüne Augen hatte.

"Clary?"

Sie blinzelte, als Bella ihren Namen rief und ungeduldig klang. Sie war wohl auf der Suche nach einem potenziellen Mörder - oder auf der Jagd nach ihm. Igitt. Sie wandte sich an die jüngere Liebesromanautorin. "Ja?"

"Ich habe oben Brennas Laptop gesehen. Soll ich ihn holen gehen?"

Sie nickte. "Ja."

"Nein", sagte Ethan zur gleichen Zeit. Auf einen Blick von Clary hin milderte er seinen Tonfall. "Nicht allein, meine ich. Niemand sollte allein irgendwohin gehen, bis wir herausgefunden haben..."

"Wer von uns hat 'die Feder ist mächtiger als das Schwert' wörtlich genommen?", sagte Clary mit einem schrillen Lachen und fühlte sich für einen Moment schwindlig vor Entsetzen.

Ethan runzelte die Stirn, zuckte aber mit den Schultern. "Richtig." Er sah Timothy an. "Bitte geh mit ihr."

Timothy sah nervös aus, als würde er eine Ausrede stammeln, um sich zu weigern, aber dann straffte er die Schultern und schien eine schützende Haltung einzunehmen, die ein wenig an eine Maus erinnerte, die es mit einem Geier aufnimmt, während er Bella ein beruhigendes Lächeln schenkte. "Bringen wir es hinter uns."

Bella und Timothy kehrten schnell zurück, und die junge Frau verschwendete mit ihren flinken Fingern und ihrer technischen Versiertheit keine Zeit, um den Sicherheitsbildschirm des Laptops zu umgehen. Clary beobachtete aufmerksam, wie der Bildschirm aufflackerte und die digitale Welt offenbarte, in der Brennas Geheimnisse liegen könnten.

Als Bella durch die Dateien blätterte, weiteten sich Clarys Augen beim Anblick eines Dokuments mit der Aufschrift "Author Considerations". "Halt. Das sollten wir uns ansehen."

Als Bella darauf klickte, um das Dokument zu öffnen, zog sich ein Gefühl der Beklemmung in ihrem Magen zusammen. Das Dokument enthielt eine Liste von Notizen, von denen jede für einen Autor stand, der unter Beobachtung stand. Brenna hatte ihre Überlegungen, bestimmte Autoren aus ihrem Verlagsimperium zu streichen, minutiös aufgelistet, aber die Namen fehlten.

Clarys Herz sank. Das Fehlen bestimmter Namen ließ sie mit mehr Fragen als Antworten zurück. Hatte Brenna sie absichtlich weggelassen? Oder war es einfach ein Versehen?

Die übrigen Schreiber beobachteten sie aufmerksam, ihre Blicke wanderten nervös von Clary zu Bella und wieder zurück. Clary konnte das unterschwellige Misstrauen nicht ignorieren, das ihre einst so harmonische Zusammenkunft nun trübte.

Während Bella sich weiter mit dem Laptop beschäftigte, atmete Clary tief durch, bereit, ihre Nachforschungen fortzusetzen. Sie warf einen Blick auf Martha, deren Augen noch immer rot von ihrem früheren Gespräch waren. Sie musste ihr persönliches Mitgefühl beiseite schieben und sich auf die anstehende Aufgabe konzentrieren.

"Ich weiß Ihre Ehrlichkeit zu schätzen, aber ich muss wissen, ob Sie mir noch etwas sagen können. Irgendwelche anderen möglichen Motive oder Missstände bei Brenna?" Sie bemühte sich, ihre Miene nicht zu verziehen, als sie die Kochbuchautorin anstarrte.

Martha kaute gedankenversunken auf ihrer Lippe. "Es gibt da eine Sache... Brenna und ich sind wegen der Werbung für mein letztes Kochbuch aneinandergeraten. Sie wollte, dass ich eine ausgedehnte Lesereise mache, aber ich zögerte. Ich wollte nicht zu lange von meiner Familie getrennt sein. Meine Tochter bekommt bald ihr erstes Kind, und ..." Sie rang die Hände und sah hilflos zerrissen aus.

Clary nickte und nahm die Information in sich auf. Marthas Widerwillen, ihre Schriftstellerkarriere über das Wohlergehen ihrer Familie zu stellen, war verständlich, aber würde Brennas Widerstand sie dazu bringen, eine abscheuliche Tat zu begehen? Es schien zweifelhaft und unwahrscheinlich bei der charmanten Frau mittleren Alters, aber sie konnte sich noch nicht sicher sein.

Als sie sich auf den nächsten Schriftsteller vorbereitete, begegnete ihr Blick dem von Ethan. Seine Sorge um ihre Sicherheit war vorhin offensichtlich gewesen, aber es gab keinen Raum für Ablenkungen. Sie musste konzentriert bleiben.

"Ethan", sagte Clary mit fester Stimme, "ich würde dir jetzt gerne ein paar Fragen stellen. Bitte sag mir, was du über Brenna denkst und alles, was helfen könnte, Licht in diese Situation zu bringen."

Ethan beugte sich vor, seine Augen suchten die ihren. "Brenna und ich hatten unsere Differenzen, kein Zweifel. Sie hat meinen Schreibstil oft kritisiert und behauptet, er hätte nicht den Tiefgang, den sie für ihren Verlag suchte. Ich glaube nicht, dass irgendjemand sie wirklich mochte, aber ich hätte nie gedacht, dass es so weit kommen würde."

Clary beobachtete Ethans ernsten Gesichtsausdruck und versuchte, jede Andeutung einer Täuschung zu erkennen. War es möglich, dass er eine Rolle spielte, dass er hinter seiner überraschten

Fassade etwas viel Schlimmeres verbarg? Sie konnte den Gedanken nicht ganz von der Hand weisen.

Clary richtete ihre Aufmerksamkeit auf Timothy, der während der gesamten Untersuchung ruhig geblieben war. Sie bemerkte die Nervosität, die noch immer in seinen Augen lag, und das leichte Zittern seiner Hände. Er wirkte, als könnte er jeden Moment die Flucht ergreifen, aber seine Entschlossenheit machte sie neugierig. Sie zwang sich zu einem Lächeln, um ihn zu beruhigen. "Ich würde gerne Ihre Gedanken zu Brenna hören. Hatten Sie irgendwelche Begegnungen oder Meinungsverschiedenheiten mit ihr, die Aufschluss über unsere aktuelle Lage geben könnten?"

Timothys Adamsapfel wippte, als er nervös schluckte. "Nun, Brenna... sie war eine harte Kritikerin. Sie hielt mit ihrer Meinung über meine Selbsthilfebücher nie hinterm Berg. Sie sagte immer, sie hätten keinen Tiefgang und ich würde nur Klischees wiederkäuen. Das war gelinde gesagt entmutigend, aber ich glaube, der wahre Grund für ihre Abneigung gegen mich ist, dass ich immer noch gut mit ihrem Ex-Mann befreundet bin."

Clary empfand einen Anflug von Mitleid für Timothy. Als Autorenkollegin wusste sie, wie harsch Kritik sein konnte und wie sie das Selbstvertrauen zerstören konnte - vor allem, wenn sie von Brenna kam, die es anscheinend genoss, grausam zu sein, anstatt einfach nur unverblümt. Dennoch musste sie unparteiisch bleiben und alle Möglichkeiten in Betracht ziehen. "Ich könnte mir vorstellen, dass sie wegen so etwas kleinlich ist."

Wenn sie Detective Pretend sein wollte, musste sie sich der Sache widmen. Zu schade, dass sie nicht stattdessen eine Liebesgeschichte schreiben musste, bei der man in Ohnmacht fällt. Das könnte sie im Schlaf tun.

Clary richtete ihre Aufmerksamkeit wieder auf Timothy und schaltete auf ihren üblichen bissigen und witzigen Gedankengang um. Sie konnte nicht umhin, sich zu fragen, ob Timothys Fachwissen über

Selbsthilfe irgendwelche Einsichten in ihre derzeitige missliche Lage bieten könnte. Vielleicht könnte er ein Buch schreiben mit dem Titel "Hinweise finden und den inneren Detektiv kanalisieren für die Liebesromanautorin".

"Wo warst du letzte Nacht?"

Er zuckte die Achseln. "Meistens bin ich in meinem Zimmer und schreibe. Einmal bin ich rausgegangen, um mich am Snacktisch zu bedienen, und habe dort Brenna angetroffen, aber das war vielleicht zwei Stunden nach dem Abendessen."

"Während Sie auf Ihrer Tastatur herumhämmerten, sind Sie da zufällig jemandem über den Weg gelaufen oder haben später etwas gehört, das Licht auf unseren mysteriösen Mord werfen könnte?"

Timothy rieb sich das Kinn und dachte einen Moment lang nach. "Ich hörte in der Ferne donnernde Schritte, aber ich nahm an, dass es nur Bella war, die zum dritten Mal zum Snacktisch ging. Ansonsten war es gespenstisch ruhig."

Clary nickte. "Das könnte gewesen sein, als sie weggelaufen ist... wenn sie weggelaufen ist. Erinnerst du dich an die Uhrzeit?"

Er runzelte die Stirn. "Ich bin mir nicht sicher. Nach Mitternacht, würde ich sagen, aber ich habe nicht auf die Uhr gesehen."

"Das ist okay."

Mit einem Nicken entspannte sich Timothy leicht und seine anfängliche Nervosität wich einem Hauch von Humor. Clary war entschlossen, inmitten der Spannung einen lockeren Ton beizubehalten, indem sie ihre spielerischen Scherze nutzte, um die Geheimnisse zu lüften, die sich hinter ihren Schriftstellerfassaden verbargen.

Clary wandte ihre Aufmerksamkeit Ethan zu und fühlte sich ein wenig schuldig, da sie inoffiziell Partner bei den Ermittlungen waren - es sei denn, er war ein Mörder mit einem bösen Sinn für Ironie.

Sie brachte ein mitfühlendes Lächeln zustande, bevor sie zu ihrer nächsten Frage überging. "Ethan, mein Partner bei der

Verbrechensbekämpfung, es tut mir leid, dass ich dich auf den heißen Stuhl setze, aber hattest du irgendwelche speziellen Probleme oder Meinungsverschiedenheiten mit Brenna, die du vorhin nicht erwähnt hast?" Ethan stieß einen Seufzer aus, sein Blick wanderte kurz umher, bevor er Clarys Augen traf. "Brenna und ich hatten einen kleinen Streit über die Richtung meines letzten Romans. Sie war der Meinung, der Handlung fehle es an Spannung, und drängte mich, ein paar dramatische Wendungen einzubauen. Ich, die sture Schriftstellerin, die ich bin, habe darauf bestanden, meiner künstlerischen Vision treu zu bleiben. Das führte zu einem... sagen wir mal, literarischen Feuerwerk zwischen uns."

Clary nickte und stellte sich im Geiste den Kampf der literarischen Titanen vor. Es war wie eine Schlacht der Stifte, bei der die Tinte überall hinfliegt. Sie konnte nicht anders, als über die Absurdität des Bildes zu lächeln, bevor ihr das Lächeln verging, als sie sich daran erinnerte, wie tödlich ein Stift in den falschen Händen sein konnte.

"Ich muss noch einmal nachfragen, um Klarheit zu schaffen... Zur Zeit des Mordes sagten Sie, Sie seien unter der Dusche gewesen. Kann jemand bezeugen, wo Sie sich befunden haben?"

Ethans Stirn legte sich in Falten, als er einen Moment lang nachdachte. "Niemand hat mich in der Dusche gesehen, es sei denn, ein Spanner ist in der Nähe, aber ich war dort, ich schwöre es. Der Dampf und das heiße Wasser sind meine geheimen Zutaten für kreative Inspiration. Es ist wie eine Mini-Sauna für mein Gehirn."

"Ich verstehe das vollkommen", sagte Clary, und ihre Stimme klang verständnisvoll. "Ich weiß deine Ehrlichkeit zu schätzen, auch wenn dein Alibi so dampfig ist wie meine Handlungsstränge."

Als sie Ethan in die Augen sah, entdeckte sie einen Hauch von Ernsthaftigkeit, gemischt mit einem Hauch von Unsicherheit. Unter der Oberfläche lauerte noch mehr, und sie machte sich eine Notiz, tiefer zu graben.

Clary wandte ihre Aufmerksamkeit Bella zu, bereit, ihr die nächste Runde von Fragen zu stellen. Doch bevor sie ein Wort sagen konnte, kam ihr Bella zuvor, deren Tonfall von Trotz und Frustration geprägt war.

"Warten Sie, Detective Clary", warf Bella ein und verschränkte die Arme. "Bevor wir dieses kleine Verhörspiel fortsetzen, möchte ich wissen, was du vorhast. Was ist dein Problem mit Brenna? Es ist ziemlich offensichtlich, dass wir alle hier sind, weil sie mit jedem von uns ein Hühnchen zu rupfen hatte, zumindest beruflich."

Clary hob eine Augenbraue und war kurzzeitig von Bellas Direktheit überrascht. Sie konnte die Wahrheit in Bellas Worten nicht leugnen. Sie alle waren durch ihr verworrenes Netz von schriftstellerischen Konflikten mit Brenna verbunden. Es war wie eine verdrehte Anthologie von Beschwerden.

Mit einem schiefen Lächeln begegnete Clary Bellas Blick. "Touché, Bella. Du hast den Nagel wirklich auf den Kopf getroffen. Brenna hatte ihren Anteil an Auseinandersetzungen mit jedem von uns, und genau deshalb sind wir hier und versuchen, dieses Mordgeheimnis zu entwirren. Was mein persönliches Versagen angeht... Brenna war frustriert über meine Schreibblockade und die verpassten Abgabetermine. Sie hat mich unerbittlich dazu gedrängt, meinen nächsten Roman zu beenden, als ob sie einen persönlichen Rachefeldzug gegen meine Zögerlichkeit führen wollte."

Bellas Augenbrauen schossen überrascht in die Höhe, und ihr trotziger Gesichtsausdruck wurde ein wenig weicher. "Du warst also auch ein Ziel von ihr?"

"Ja, natürlich. Wie du gesagt hast, ich glaube, Brenna hatte etwas gegen uns alle." Sie holte tief Luft. "Also, wegen dir und..."

Bellas Miene verhärtete sich. Sie verschränkte die Arme und schüttelte den Kopf. "Ich werde das nicht tun. Ich werde nicht Detektiv spielen und meine Freunde verhören oder so tun, als wüsstest du, was zum Teufel du da tust. Ich werde warten, bis die echten Detektive kommen." Damit machte sie auf dem Absatz kehrt und stürmte davon, wobei sie eine Spur der Enttäuschung hinter sich ließ.

Clary beobachtete Bellas Abreise mit einem Seufzer. Sie konnte es Bella nicht verübeln, dass sie mit der Situation überfordert war. Es war eine Menge zu bewältigen, und nicht jeder hatte das Temperament für Amateurdetektivarbeit. Sie selbst auch nicht, aber in Ermangelung von Kandidaten musste jemand die Zügel in die Hand nehmen.

Bevor Clary reagieren konnte, sprang Timothy in Aktion und jagte Bella hinterher. Er rief ihren Namen, seine Stimme war von echter Sorge erfüllt. "Bella, warte, ich komme mit dir. Du solltest das nicht allein durchstehen."

Clary bemerkte die unterschwellige Zärtlichkeit in Timothys Stimme, als er an Bellas Seite eilte. Es war mehr als nur die Sorge um ihre Sicherheit. Es schien, als hätte er eine Zuneigung zu ihr entwickelt. Sie hoffte, dass es mehr väterlicher Natur war, wenn man bedenkt, dass er der jungen Autorin zwanzig Jahre voraus sein musste.

"Ich könnte etwas Schlaf gebrauchen", sagte Martha leise.

"Ich auch." Ethan verbiss sich ein Gähnen. "Wir sollten zusammen schlafen."

Ihr Herz setzte einen Schlag aus, als sie kurz darüber nachdachte, bevor sie bemerkte, dass Ethan sie und Martha anstarrte. "Hm?"

Er runzelte die Stirn. "Zur Sicherheit im selben Raum. Ich glaube nicht, dass jemand allein sein sollte."

Sie nickte und tat so, als hätte sie seine Absicht von Anfang an verstanden und sei nicht enttäuscht, dass er ihr keinen Antrag gemacht hatte. Sie räusperte sich. "Ich glaube, in Brennas Zimmer gibt es ein Doppelbett."

"Das wird funktionieren", sagte Ethan. Martha nickte nach einem Moment, und sie gingen gemeinsam nach oben.

Als sie kurz darauf Brennas Zimmer betraten, das größte mit einem Kingsize-Bett, sagte sie: "Wir sollten nachsehen, ob es hier irgendwelche Hinweise gibt, bevor wir es mit dem Schlafen versauen."

Ethan nickte und ließ seinen Blick durch den Raum schweifen. "Einverstanden. Schauen wir uns das genauer an, um nach Hinweisen zu suchen."

"Was denn?", fragte Martha.

Clary zuckte mit den Schultern. "Irgendetwas Ungewöhnliches." Der Kochbuchautor schnaubte, begann aber, die Schubladen zu durchsuchen. Während sie akribisch jeden Winkel untersuchten, schweiften Clarys Gedanken zu den skurrilen Möglichkeiten. Sie stellte sich versteckte Fächer hinter verzierten Spiegeln vor, Geheimgänge, die als Bücherregale getarnt waren, und eine Schatztruhe mit unveröffentlichten Manuskripten, die darauf warteten, entdeckt zu werden.

"Ah, die Freuden eines exzentrischen Schriftstellers", sinnierte Clary mit einer Mischung aus Sarkasmus und Verwunderung in der Stimme. "In der einen Minute kämpfen wir noch mit einer Schreibblockade, und in der nächsten denken wir uns geheime Verstecke aus und lösen Mordfälle. Wer braucht schon ein normales Leben, wenn wir so viel Aufregung haben?"

Ethan gluckste, seine Augen funkelten. "Du hast eine Art, das Außergewöhnliche im Gewöhnlichen zu finden, Clary. Das ist eine Gabe."

Clary zuckte mit den Schultern, ein spielerisches Lächeln auf ihrem Gesicht. "Nennen Sie es den Fluch des Schriftstellers, immer Geschichten zu sehen, wo andere die banale Realität sehen. Aber konzentrieren wir uns auf die anstehende Aufgabe."

"Wozu die Mühe?" Martha klang niedergeschlagen. "Wir wissen nicht einmal, wonach wir hier suchen." Dann sah sie auf. "Vielleicht sollten wir morgen den Rest der Insel erkunden. Wer weiß, worüber wir stolpern?"

Clary nickte, ihr Kopf schwirrte vor Vorfreude. "Morgen, aber jetzt sollten wir versuchen, etwas zu schlafen. Morgen früh erwarten uns unsere verworrenen Geschichten, und wir werden all den Witz und die Fantasie brauchen, die wir aufbringen können."

Gemeinsam ließen sie sich auf ihren Plätzen auf dem Bett nieder, und Marthas leises Schnarchen erfüllte bald den Raum.

"Ich kann mir nicht helfen, ich denke, ihr Mann würde es begrüßen, wenn sie auf Lesereise ginge, damit er ein paar Nächte ohne diesen Lärm schlafen kann", sagte Ethan mit einem kleinen Lachen.

"So schlimm ist es nicht. Mein Ex-Verlobter hat so viel schlimmer geschnarcht. Was ist mit dir?"

"Ich habe noch nie in meinem Leben geschnarcht."

Clary schnaubte. "Natürlich nicht. Ich habe nach deinen aktuellen... ehemaligen... was auch immer Schnarch-Tendenzen gefragt?" So glatt. Sie hätte genauso gut unverhohlen fragen können, ob er Single war. Schlimmer hätte es nicht kommen können.

In seiner Stimme lag ein Lächeln. "Keine aktuelle, und es ist lange her, dass ich eine ehemalige hatte. Es ist schwer, jemanden zu finden, der meinen Schreibplan versteht."

Sie seufzte vor Neid. "Ich wünschte, ich könnte mich an einen Zeitplan halten."

Er lachte. "Das ist das Problem. Manchmal verbringe ich achtzehn Stunden mit dem Schreiben und drei Tage damit, mich auszuruhen und mich wieder auf das Schreiben vorzubereiten. Bei einem normalen Arbeitstag von neun bis fünf ist das schwierig."

"Ich verstehe das. Meine Schwester lebt auch so, aber ich kann mir nicht vorstellen, dass ich so gebunden bin und jeden Tag denselben Zeitplan einhalten muss."

"Ist das der Grund, warum du und dein Ex-Verlobter es nicht bis zum Altar geschafft habt?"

"Nein." Sie wartete auf einen Anflug von Bedauern, der jedoch ausblieb. "Stuart war zu sehr damit beschäftigt, irgendetwas in einem Rock zu jagen, als dass er sich die Mühe gemacht hätte, zu heiraten. Ich bin nur froh, dass ich das erkannt habe, bevor ich ein Kleid gekauft und angefangen habe, Veranstaltungsorte zu buchen. Ihm gefiel der Gedanke, mit einem berühmten Bestsellerautor verheiratet zu sein, aber er wollte nicht auf die Vorzüge des Singledaseins verzichten, wie etwa seine Sekretärin zu vögeln."

"Was für ein Schuft. Soll ich ihn in meinem nächsten Buch als Opfer darstellen?"

Sie grinste. "Ja, bitte." Das ließ sie allerdings an Brenna denken und sie erschauderte. "Sie war wirklich ein furchtbarer Mensch."

"Brenna? Ja."

"Trotzdem, das ist kalt - ein Rotstift durch das Herz."

"Ja. Es ist schwer vorstellbar, dass einer von uns sie getötet hat." Er klang unbehaglich. "Ich schreibe lieber gruseligen, atmosphärischen Horror, als ihn zu erleben."

"Ich schreibe lieber darüber, wie ich mich verliebe und unglaubliche Orgasmen habe." Sie stieß einen erschrockenen Aufschrei aus, als sie das sagte, und fragte sich, was mit ihrem zugegebenermaßen bereits schwachen Filter passiert war.

Er klang neugierig. "Beruht Ihr Schreiben auf dem wirklichen Leben?"

Sie schnaubte. "Nicht mit Stuart, dem Rockschürzenjäger."

"Das ist schade." Sein Ton war intim geworden. "Du hast es verdient, das zu haben."

"Verliebt ineinander?" Ihre Kehle war trocken, aber ihre Handflächen waren schweißnass, als ihr Herz eine Stufe höher schlug.

Nach einer bewussten Pause sagte er: "Das auch", in einem rauchigen Ton.

Er hat definitiv mit ihr geflirtet. Das schwindelerregende Mädchen in ihrem Inneren war von der Idee absolut überwältigt, aber es kämpfte mit dem neu auferstandenen Detektiv, der sie daran erinnern wollte, dass er versuchen könnte, sie davon abzubringen, ihn als Verdächtigen zu betrachten.

## DALIA BOLIN

*Gehen Sie schlafen, verdammte Detektivin,* dachte sie streng zu sich selbst und wollte den Moment genießen, in dem sie darüber fantasierte, dass Ethan kein Mörder war, ohne dass die Realität sie störte.

# Fünftes Kapitel

DIE UNHARMONISCHE KAKOPHONIE der erhobenen Stimmen begrüßte Clary wie ein Horn im Trommelfell am frühen Morgen. Schlaftrunken öffnete sie ein Auge, dann das andere, und der Nebel des Schlafes wich langsam zurück. Sie setzte sich auf und stellte fest, dass sie Brennas Bett für sich allein hatte, aber die lauten Stimmen kamen aus dem zweiten Stock.

Clary stöhnte. Für Hysterie ohne Kaffee war es noch zu früh. Sie schlüpfte unter der Bettdecke hervor und dachte kurz darüber nach, sich mit einem Kissen zu ersticken. Vielleicht hatte sie Glück und es würde ein Selbstmord durch ägyptische Baumwolle werden. Stattdessen stieg sie aus dem Bett und folgte den beiden in ein Wohnzimmer auf der anderen Seite des Flurs.

"Ich wusste, dass es verdächtig war, wie munter du warst, nachdem Brenna es geschnupft hatte." Marthas sonst so sanfter Ton war einige Oktaven zu hoch. "Gib's zu, du hast das alte Mädchen fertiggemacht."

"Wie kannst du es wagen?" Bellas Stimme erreichte eine Lautstärke, die nur für die Hunde in der Nähe hörbar war. "Ich werde dich wegen Verleumdung verklagen!"

Martha und Bella standen sich gegenüber wie zwei rivalisierende Boxer, die gerade aus der Ecke gekommen waren. Ein besorgt dreinblickender Timothy rang in der Nähe seine Hände. Währenddessen lehnte Ethan an der Wand und beobachtete das Drama mit einem verwirrten Blick.

"Dir auch einen guten Morgen", sagte Clary. Sie richtete sich auf und klatschte laut in die Hände. "Genug! Von dir bekomme ich Migräne."

Drei Köpfe drehten sich in ihre Richtung, die Überraschung war auf ihren Gesichtern zu sehen wie Farbe auf einer Leinwand. Clary massierte sich die Schläfen. "Es ist zu früh für Vorwürfe. Lass uns Kaffee kochen und versuchen, zivilisierte Menschen zu sein, ja?"

Die anderen tauschten verlegene Blicke aus. Martha und Bella zogen sich in eine neutrale Ecke zurück, während sie als Gruppe die Treppe hinuntergingen. Im ersten Stock angekommen, huschte Timothy auf der Suche nach Koffein in die Küche.

Als Margaret zum Kühlschrank ging und der Duft von brühendem Kaffee die Luft erfüllte, wandte sich Clary an Ethan. "Dieser Tag fängt ja schon mal gut an." Sie rieb sich die Ohren, die immer noch klingelten. "Buchstäblich."

Er schmunzelte. "Nur ein weiterer entspannender Rückzugsort am Morgen." Sein Grinsen verblasste. "Aber Martha hatte eine gute Idee, bevor du aufgewacht bist. Wir sollten die Leiche noch einmal nach Hinweisen untersuchen, die wir vielleicht übersehen haben."

Clary nickte, die verbliebene Müdigkeit war durch den Adrenalinschub weggebrannt. Sie hatte nicht daran gedacht, Brennas Leiche noch einmal zu untersuchen, aber Ethan hatte Recht, dass die zusätzliche Untersuchung etwas Wichtiges zutage fördern könnte.

Wenige Augenblicke später waren die Autoren düster um den auf dem Diwan ausgebreiteten Körper ihres ehemaligen Herausgebers versammelt, während Martha ihren Joghurtbecher wie einen Talisman umklammerte. Clary biss die Zähne zusammen und wehrte sich gegen den Ansturm von Körpergerüchen, die man außerhalb eines echten Leichenschauhauses nicht kennt. Wie um alles in der Welt konnte Martha bei diesem Gestank noch Joghurt essen?

Sie zwang sich, jedes Detail wahrzunehmen, und beobachtete Ethan genau, als er das Gleiche tat. Seine Finger fuhren knapp über

Brennas wächserne Haut, bevor sie bei ihrer rechten Hand innehielten. Sie umklammerte ein vertrautes Schmuckstück fest mit ihren lila gefärbten Fingern.

Ein Keuchen entrang sich Clarys Kehle. Es war ihr Armband, das Emily ihr zum letzten Geburtstag geschenkt hatte, zur Erinnerung an die große Drei-Oh. Mit klopfendem Herzen rieb sie sich unbewusst ihr nun nacktes Handgelenk. Sie hatte es gestern getragen und gestern Abend, nachdem sie Brennas Leiche gesehen hatte, auf der Kommode in ihrem Zimmer liegen lassen. Es war dort gewesen, während sie mit den anderen in Brennas Zimmer geschlafen hatte, aber würden sie ihr glauben?

Ethan zog das Armband vorsichtig heraus, untersuchte es genau und sah dann Clary in die Augen. "Ich glaube, wir haben gerade unser erstes richtiges Beweisstück gefunden." Er klang fast bedauernd.

Clary stand völlig entgeistert da, während die anderen das Armband anstarrten und dann mit großen Augen zu ihr zurückblickten.

Marthas Löffel klapperte auf den Boden, der Joghurt tropfte ungehört herunter. "Du... du hast sie umgebracht." Sie keuchte und deutete mit einem zitternden Finger auf Clary.

Die Anschuldigung traf Clary wie ein Schlag in den Magen. Sie stolperte zurück und hob beschwörend die Hände. "Was? Nein! Ich schwöre, ich habe nicht..."

"Heb es auf", sagte Martha. "Das ist dein Armband, nicht wahr? Auf frischer Tat ertappt!"

Clary blinzelte hilflos, ihr Verstand suchte nach Halt wie eine Katze auf Linoleum. Wie sollte sie das Unerklärliche erklären?

"Jetzt warte mal", sagte Ethan, der schon immer ihr Ritter in leicht zerknitterter Rüstung war. "Es muss eine Erklärung geben."

Martha war damit nicht einverstanden. Ihr Gesicht errötete in einem alarmierenden Rot, als sie Clary immer wieder einen anklagenden Finger entgegenstreckte, wie ein Specht, der seine

Empörung in eine Eiche bohrt. "Was für hinterhältige Tricks ... vorgeben, bei den Ermittlungen zu helfen, wenn man selbst der Mörder ist." Martha schüttelte sich vor rechtschaffener Wut, der Joghurt verließ sie. "Gib zu, was du getan hast."

Clarys Herzschlag rauschte in ihren Ohren und übertönte alles andere. Der Raum kippte gefährlich, als der schockierte Unglaube einer panischen Verzweiflung wich. Es war ihr Armband, umklammert vom Todesgriff des Opfers. Wie konnte sie jetzt noch ihre Unschuld beweisen? Sie schwankte auf ihren Füßen, die Wände wogten wie in einem Vergnügungspark. Das konnte doch nicht wahr sein. Sie war keine Mörderin, nur eine Liebesromanautorin mit einer frechen Katze und einer Vorliebe für Tee und spätabendliches Eis.

Inmitten des schwindelerregenden Strudels der Verwirrung klammerte sie sich an den einzigen Anker, der sie davor bewahrte, auf das Meer hinauszutreiben - Ethan. Der liebe, unerschütterliche Ethan, der sie mit diesen durchdringenden grünen Augen ansah, die sie in ihrer Seele gefangen hielten.

"Ich habe nicht ..." Sie krächzte, ihr Blick flehte ihn an, zu verstehen.

Mit entschlossener Miene trat Ethan vor und strahlte eine ruhige Autorität aus. "Holt alle mal tief Luft. Clary ist keine Mörderin."

Aber die anderen ließen sich nicht so leicht besänftigen. Marthas würstchenartiger Finger wedelte wieder mit Clarys Gesicht, als würde sie einen ungezogenen Welpen zurechtweisen.

"Die einzige Erklärung ist, dass sie schuldig ist. Sieh dir nur das Armband an, das in Brennas kalter, toter Hand liegt", sagte Martha schrill.

Und sie hatte Recht, verdammt noch mal. Das Armband war jetzt Clarys Albatross, der Beweis, den sie nicht widerlegen konnte. Doch Ethan blieb standhaft, Gott segne ihn.

"Vielleicht hat es jemand dort platziert. Wir wissen noch nichts Genaues..." Er versuchte zu argumentieren, aber Martha unterbrach ihn.

"Öffne deine Augen. Es ist sonnenklar, und du bist nur zu verliebt, um es zu sehen." Sie wirbelte wieder auf Clary zu. "Gestehe, du hinterhältige Mörderin!"

Clary zuckte wie von einer Ohrfeige getroffen zurück. Verliebt? Sicherlich hatte Martha sich geirrt ... oder doch nicht?

Jetzt war nicht die Zeit, um in Ohnmacht zu fallen, nicht wenn Martha ihren Kopf auf einem Spieß forderte. Sie hob flehend die Hände, als Martha mit dem Finger auf sie zukam. "Bitte, hören Sie mir zu. Ich habe niemanden umgebracht."

Martha öffnete ungerührt den Mund, um etwas zu erwidern, doch Ethan schaltete sich ein. "Das reicht jetzt." Er zog sie sanft zur Seite, weg von Marthas wütendem Fingerzeig. "Wir müssen das in Ruhe regeln."

Clary wurde vor Erleichterung und Dankbarkeit fast welk. Sie brachte ein zittriges Lächeln zustande. "Danke, dass du an mich glaubst, wenn es sonst niemand tut."

Ethan drückte ihr beruhigend auf die Schulter. "Natürlich, aber wir müssen herausfinden, wie dein Armband an die Leiche gekommen ist." Er hielt inne und zögerte. "Wo genau waren Sie letzte Nacht?"

Clary war angespannt. Sie war in ihrem Zimmer gewesen, allein. Keiner konnte ihre Geschichte bestätigen. Sie leckte sich die trockenen Lippen und begegnete Ethans prüfendem Blick. "Ich war die ganze Nacht in meinem Zimmer, bis ich aufgewacht bin und Brenna gesehen habe. Dann habe ich dich im Flur gefunden, und alles andere hat sich ergeben. Danach war ich zu keinem Zeitpunkt mehr allein, und das Armband war in meinem Zimmer. Ich schwöre auf meine faule, katzenartige Lebensgefährtin, dass ich niemanden umgebracht habe."

Ethan musterte sie eingehend, bevor er zügig nickte. "In Ordnung. Ohne Beweise müssen wir weiter nachforschen, aber das macht die Sache kompliziert."

## DALIA BOLIN

Zweifel lagen noch immer in der Luft wie Marthas verschütteter Joghurt und Brennas Anwesenheit, aber Clary klammerte sich an die ausfransende Rettungsleine von Ethans Vertrauen. Irgendwie musste sie ihren Namen reinwaschen, bevor der Verdacht sie völlig ertränkte.

# Sechstes Kapitel

EIN MARKERSCHÜTTERNDER Schrei zerriss die Luft und zerstreute Clarys Gedanken wie Löwenzahnsamen im Wind. Sie tauschte einen besorgten Blick mit Ethan aus, bevor sie beide die Treppe hinaufrannten und die wackeligen Stufen zu zweit nahmen.

Sie kamen keuchend im Flur des zweiten Stocks an und fanden Bella dramatisch auf dem verblichenen Orientteppich ausgestreckt. Der Kristallkronleuchter über ihr schwankte sanft, als würde er von einer Geisterbrise erfasst. Ein Teil des Kronleuchters fehlte, und er hing ungünstig schief.

"Bist du in Ordnung?" Clary beeilte sich, sie kurz nach Verletzungen abzusuchen.

Bella jedoch schien mehr an der Dramatik des Augenblicks interessiert zu sein als an einer möglichen körperlichen Verletzung. Sie lag auf dem Boden wie eine Jungfrau in einem viktorianischen Melodrama, die Hand dramatisch an die Stirn gepresst.

Mit einem Wimmern zeigte Bella einen zitternden, manikürten Finger nach oben. "Es hat mich fast erdrückt." Ihre Stimme war zittrig, aber ihre Augen leuchteten mit einer seltsamen Erregung.

Clary folgte ihrem Blick und bemerkte die fehlenden Kristalle und die verbogenen Ketten des Kronleuchters. Teile davon waren mindestens einen Meter von der Frau entfernt auf den Boden gestürzt. Sie gab Bella einen mitfühlenden Klaps, um ihre Skepsis zu verbergen.

Die junge Autorin wirkte seltsam gefasst für jemanden, der fast wie ein Pfannkuchen geplättet war.

Ethan bewegte sich, um den Kronleuchter zu inspizieren, und kletterte auf einen Beistelltisch, den er zuerst ein paar Meter näher heranzog. Er runzelte die Stirn, seine Augen verengten sich vor Konzentration. "Diese Kabel wurden durchgeschnitten. Der Kronleuchter ist nicht einfach so heruntergefallen. Das war Absicht." Clarys Puls beschleunigte sich, als ihr das klar wurde. Das war kein Haushaltsunfall gewesen. Jemand hatte den Kronleuchter absichtlich manipuliert, um das schwebende Ornament wie eine kristallene Guillotine zu Fall zu bringen.

Sie tauschte einen bedeutungsvollen Blick mit Ethan aus und las in seinem Blick die gleiche Schlussfolgerung. Sie hatten einen kaltblütigen Mörder in ihrer Mitte, und wer auch immer es war, hatte keine Skrupel, weitere Opfer zu fordern.

Mit der Enthüllung der durchtrennten Kabel veränderte sich die Atmosphäre im Haus von Unbehagen zu regelrechter Anspannung. Auf Ethans Vorschlag hin, sich neu zu formieren, strömten sie alle kurz darauf in Brennas Büro, und der Raum schien unter dem Gewicht ihrer kollektiven Angst zu schrumpfen.

Ethan war der erste, der das Schweigen brach. "Wir müssen herausfinden, was hier vor sich geht", sagte er, seine Stimme war trotz der Umstände ruhig. "Wir sind hier alle in Gefahr."

Bella, immer noch blass von ihrem Nahtoderlebnis, schüttelte den Kopf. "Ich kann nicht", sagte sie, ihre Stimme war kaum ein Flüstern. "Ich brauche nur... ich brauche etwas Zeit."

Martha, die bis jetzt geschwiegen hatte, nickte. "Wir verstehen, Bella. Lass dir Zeit."

Nachdem Bella gegangen war, richteten die übrigen Autoren ihre Aufmerksamkeit auf Brennas Büro. Es war ein Chaos aus Papieren und Kaffeeflecken. Sie begannen, die Papiere zu durchforsten, und ihre Herzen klopften in der Brust.

In dem Durcheinander fiel Clary ein Ordner ins Auge. Er trug die Aufschrift "Verkaufszahlen: Romance", und darin befanden sich Dokumente, in denen die Buchverkäufe von Bella und Clary verglichen wurden. Brennas Notizen waren an den Rand gekritzelt, ihre scharfen Worte trafen selbst im Tod.

*"Bella wird es nie schaffen",* hieß es in einer Notiz. *"Clary ist das wahre Talent hier."*

Clary empfand einen Anflug von Mitleid für Bella. Trotz ihres Ehrgeizes und ihrer Tatkraft hatte Brenna eindeutig nicht an sie geglaubt, aber war das genug, um Bella zum Mord zu treiben? Oder war sie nur eine weitere Schachfigur in diesem tödlichen Spiel?

Während sie über die Auswirkungen nachdachten, wanderte Marthas Blick immer wieder zu Clary zurück. Es war ein spekulativer Blick, der Clary eine Gänsehaut bereitete. Sie konnte sich gut vorstellen, dass Martha im Geiste versuchte, herauszufinden, wie sie Brenna getötet hatte und zurückgeschlichen war, um sie zu "entdecken", nachdem sie das Boot und dann das Funkgerät darin sabotiert hatte. Wenn Martha einen Roman schreiben würde, würde sie leicht erkennen, dass dies viel zu offensichtlich war und Clary nicht die Mörderin sein konnte. Wenn das Leben ein Roman wäre.

Als sie ihre Suche fortsetzten, entdeckte Timothy einen Brief, der in einer Schublade versteckt war. Er war an Bella adressiert, aber es sah nicht so aus, als ob er jemals abgeschickt worden wäre. Als er ihn laut vorlas, wurde es still im Raum.

*"Bella",* begann er mit leicht zittriger Stimme, *"ich bedaure, Ihnen mitteilen zu müssen, dass ich aufgrund der schlechten Qualität Ihres Schreibens und der mäßigen Verkaufszahlen Ihrer letzten Bücher beschlossen habe, unsere berufliche Beziehung zu beenden.*

Er blickte auf und seine Augen trafen die von Clary. "Brenna hatte vor, Bella abzusetzen."

Eine drückende Stille erfüllte den Raum. Clary konnte den Schock auf Ethans Gesicht und das Mitgefühl in Marthas Augen sehen, aber es war Timothys Reaktion, die ihre Aufmerksamkeit erregte. Er sah nicht überrascht aus.

"Brenna hat es sich wahrscheinlich anders überlegt und beschlossen, es ihr persönlich zu sagen." Seine Stimme war kaum mehr als ein Flüstern. "Sie hatte eine Art, dich zu erdrücken und dir das Gefühl zu geben, du wärst ein Nichts."

Clary nickte. Sie wusste nur zu gut, wie Brenna sein konnte, aber sie mussten auch konzentriert bleiben. Sie waren immer noch auf einer Insel mit einem Mörder gefangen, und sie mussten herausfinden, wer es war, bevor es zu spät war.

Während sie Brennas Büro weiter durchsuchten, raste Clarys Verstand. "Okay, fangen wir damit an, jeden noch einmal einzeln zu befragen", sagte sie kurz darauf, als sie nichts Brauchbares fanden. Ohne ein Neonschild, das verkündete, dass es ein Hinweis war, wussten sie sowieso nicht, wonach sie suchen sollten.

Timothy schnitt eine Grimasse. "Warum? Du weißt doch gar nicht, was du tust."

Sie starrte ihn an. "Haben Sie eine bessere Idee?"

Der Selbsthilfeautor schlurfte mit den Füßen und schaute weg.

Martha schnupperte an Clary. "Ich bin mir nicht sicher, ob ich dir traue."

Ethan ignorierte sie und nickte zustimmend. "Klingt nach einem Plan. Mal sehen, ob wir der Sache auf den Grund gehen können."

Als sie sich darauf vorbereiteten, mit ihren Ermittlungen zu beginnen, schreckte Timothy sie auf. Er nahm seine Brille ab und blinzelte schnell. "Du solltest zuerst mit mir reden. Es gibt etwas, das ich dir sagen muss."

# Kapitel Sieben

VERBLÜFFTES SCHWEIGEN folgte auf Timothys Ankündigung. Martha, die Clary misstrauisch beäugt hatte, richtete nun ihren Blick auf Timothy. Ihre Augen waren groß, ihr Mund zu einem schmalen Strich verzogen.

Ethan starrte Timothy unterdessen mit einem nachdenklichen Blick an. Seine Finger klopften in einem Rhythmus auf die Tischplatte von Brennas Schreibtisch, als ob er damit anzeigen wollte, dass sein Verstand Überstunden machte.

Er holte tief Luft und beruhigte sich, während er seine Brille polierte, bevor er sie wieder aufsetzte. "Nach dem Abendessen an unserem ersten Abend nahm mich Brenna zur Seite. Sie sagte, meine Verkaufszahlen seien zu schlecht, um unsere Arbeitsbeziehung fortzusetzen, und sie würde mich fallen lassen." Sein Mund verzog sich. "Sie schlug mir vor, John zu bitten, mich zu veröffentlichen, wohl wissend, dass er die Fantasy- und SF-Abteilung übernommen hat und keine Sachbücher schreibt."

Ein Aufschrei hallte durch den Raum.

"John?" Martha runzelte die Stirn.

"Ihr Ex-Mann ... derjenige, der die Hälfte des Verlagsimperiums übernommen hat, als sie sich letztes Jahr trennten, und ich habe es gewagt, mit ihm befreundet zu bleiben." Timothy klang nicht besorgt darüber, eine so schwere Sünde begangen zu haben, zumindest in Brennas Augen. "Sie war so kalt, als sie es mir sagte."

Clary zuckte stellvertretend für ihn zusammen. Er war eine sanfte Seele, und seine Selbsthilfebücher waren ein Spiegelbild seines gütigen Herzens. Von Brenna fallen gelassen zu werden, vor allem auf so grausame Weise, muss ein verheerender Schlag gewesen sein.

"Sie hat mich den ganzen Weg hierher kommen lassen, nur damit sie sich persönlich von mir trennen kann", fuhr Timothy fort, seine Stimme war kaum höher als ein Flüstern. "Sie wollte meine Reaktion sehen. Ich wusste, dass sie mich nie mochte, aber es war so grausam von ihr, dass sie es genoss, mich leiden und sich winden zu sehen. Ich glaube, sie wollte, dass ich bettle." Er straffte seine Schultern mit ruhiger Würde. "Ich habe mich geweigert, ihr die Genugtuung zu geben."

Im Raum herrschte Schweigen, als sie die Enthüllung verarbeiteten. Ein Schauer lief ihr über den Rücken. Brennas Grausamkeit kannte keine Grenzen, aber reichte sie aus, um jemanden zum Mord zu treiben? Sie warf einen Blick auf Timothy, dessen Gesicht blass und gezeichnet war. Könnte er Brenna aus Wut und Demütigung getötet haben?

Timothys Geständnis hing in der Luft, eine spürbare Wolke aus Verzweiflung und Wut. Clary ging zu Brennas Schreibtisch. Sie begann, die Papiere zu durchforsten, ihre Augen suchten nach jedem Hinweis, der Licht auf Timothys Behauptungen werfen könnte.

In dem Durcheinander fand sie einen weiteren Ordner mit der Aufschrift "Verkaufszahlen: Timothy Small". Darin befanden sich Dokumente, die ein anderes Bild zeichneten als das, was Brenna Timothy erzählt hatte. "Diese Dokumente zeigen, dass deine Verkäufe nicht schlecht waren, Timothy", sagte Clary und hielt die Papiere hoch. "Sie waren sogar ziemlich gut. Eindeutig solide Mittelklasse. Brenna hat dich angelogen."

Timothy sah auf, seine Augen weiteten sich vor Schreck. "Sie... sie hat gelogen?" Seine Stimme war kaum ein Flüstern, denn die Worte schienen ihn all seine Kraft zu kosten, um sie auszusprechen.

Clary nickte, ihr Herz schmerzte für den Mann. "Sie hat gelogen, um ihre Entscheidung, dich fallen zu lassen, zu rechtfertigen, wahrscheinlich weil du dich nicht gegen John gestellt hast, wie sie es erwartet hatte." Sie war froh, dass sie sich nie mit John oder Brenna angefreundet hatte und man nicht von ihr erwartete, dass sie sich für eine Seite entschied - obwohl sie bezweifelte, dass diese Erwartung auf Johns Seite war. Er war ihr immer als ruhig und beständig aufgefallen, und sie fragte sich, wie er es zehn Jahre lang in der Ehe mit Brenna ausgehalten hatte.

Der Raum war still, als sie diese Offenbarung verarbeiteten. Timothys Gesicht war eine Maske des Schocks und des Schmerzes, seine Augen glitzerten von unverdauten Tränen. "Ich habe sie fast angefleht, es sich noch einmal zu überlegen", gab er zu, und seine Stimme war kaum noch zu flüstern. "Ich war so wütend... so verzweifelt..."

Seine Worte hingen schwer in der Luft, eine Art Geständnis. Clary beobachtete ihn, und ihre Gedanken wirbelten herum. Könnte der sanfte, gutherzige Timothy Brenna in einem Wutanfall getötet haben?

Es war, als ob er Clarys Gedanken gelesen hätte. "Ich habe sie gehasst", sagte Timothy, und seine Stimme brach. "Ich habe sie so sehr gehasst, aber ich habe sie nicht umgebracht. Ich schwöre es."

Der Raum war geräuschlos, als sie seine Worte aufnahmen. Martha, die während Timothys Beichte geschwiegen hatte, ergriff schließlich das Wort. "Ich glaube, wir brauchen alle etwas Zeit, um das zu verarbeiten", sagte sie mit zittriger Stimme. Sie warf Timothy einen mitfühlenden Blick zu, bevor sie den Raum verließ, wobei ihre Schritte in der Stille widerhallten.

Timothy, der aussah wie ein Mann, für den gerade die Welt zusammengebrochen war, erhob sich langsam von seinem Platz. Er nickte Clary zu und sprach ein stummes Dankeschön aus, bevor er den Raum verließ.

Als sie allein waren, wandte sich Ethan an Clary. "Timothys Verzweiflung macht ihn zu einem glaubwürdigen Verdächtigen", sagte er mit leiser Stimme. "Wir müssen ihn im Auge behalten." Clary nickte, ihre Gedanken rasten. "Wir sollten als Nächstes Bella suchen", sagte sie mit ruhiger Stimme trotz des Aufruhrs in ihr.

Ethan stimmte zu, und sie verließen Brennas Büro, das nun mehr einem Tatort als einem Arbeitsraum glich. Als sie den Flur entlanggingen, schien das Haus unheimlich still zu sein, der Sturm draußen war das einzige Geräusch, das die Stille erfüllte.

Sie fanden Bella weder in ihrem Zimmer noch im Wohnzimmer. Stattdessen fanden sie Martha in der Küche, die mit dem Rücken zu ihnen stand und sich Tee kochte. Als sie eintraten, zuckte sie zusammen und schlug sich die Hand vor die Brust.

"Oh, Sie haben mich erschreckt", sagte sie mit zittriger Stimme. Sie fasste sich schnell und drehte sich mit einem straffen Lächeln zu den beiden um. "Darf ich Ihnen etwas Tee anbieten?"

Clary tauschte einen Blick mit Ethan. Sie waren gekommen, um Bella zu suchen, aber vielleicht war es stattdessen an der Zeit, Martha erneut zu befragen. Schließlich galt jeder als verdächtig, bis seine Unschuld bewiesen war. Und wie sie gerade erfahren hatten, konnten selbst die unwahrscheinlichsten Menschen tief sitzende Ressentiments und Verzweiflung in sich tragen.

"Sicher, Martha", sagte Clary und setzte sich an den Küchentisch. "Tee klingt gut. Und wenn wir schon mal hier sind, können wir vielleicht auch ein bisschen plaudern."

# Achtes Kapitel

SIE DREHTE SICH ZU ihnen um, ihr Gesicht war eine Maske der Ruhe. "Das habe ich mir schon gedacht", sagte sie mit fester Stimme. "Was wollt ihr wissen?"

"Wir müssen wissen, ob es irgendetwas gab... irgendetwas anderes, das Sie uns nicht erzählt haben, das zu Spannungen zwischen Ihnen beiden geführt haben könnte."

Martha schwieg einen Moment lang, ihr Blick war auf die Teekanne vor ihr gerichtet. "Brenna und ich... Wir hatten unsere Differenzen. Sie wollte, dass ich über trendigere Dinge schreibe, wie Keto oder glutenfrei. Und sie drängte auf eine große Lesereise, die mich von meiner Familie wegbringen würde."

"Wie Sie schon sagten, aber da war noch etwas anderes, nicht wahr?", fragte Ethan mit sanfter Stimme. "Etwas Persönlicheres?"

Martha seufzte und ließ die Schultern hängen. "Ja", sagte sie, ihre Stimme war kaum höher als ein Flüstern. "Da war noch etwas anderes."

Sie atmete tief durch, ihre Hände umklammerten die Kante des Tresens. "Als ich jünger war, habe ich... habe ich einige Fehler gemacht." Ihre Stimme war kaum mehr als ein Flüstern. "Ich war verzweifelt auf der Suche nach Geld und nach Ruhm. Ich dachte, ich könnte es in Hollywood finden."

Sie hielt inne, ihr Blick war distanziert. "Ich bin in einem Erwachsenenfilm gelandet", gestand sie, und ihre Stimme zitterte. "Es war eine einmalige Sache, unter falschem Namen. Ich dachte, das sei schon längst Vergangenheit, als ich ein Jahr später nach Hause zurückkehrte und beschloss, dass ich nach Georgia wollte."

"Aber Brenna hat es herausgefunden", beendete Ethan für sie, seine Stimme war sanft.

"Mein Mann ist ein Pastor. Sie haben keine Ahnung, was für ein Skandal..." Sie brach mit einem Schniefen ab.

"Das kann ich mir vorstellen. Was hat sie von dir gewollt?", fragte Clary.

Ihre Augen quollen über vor Tränen. "Sie hat die Informationen benutzt, um mich zu zwingen, keinen Vorschuss zu nehmen, ein geringeres Honorar zu zahlen und mit meiner nächsten Veröffentlichung eine große Lesereise zu machen." Sie atmete zittrig ein, und ihre Lippen verzogen sich zu einem zaghaften Lächeln, das aber schnell wieder verschwand. "Jetzt, wo sie weg ist, bin ich endlich frei von ihren Drohungen."

Das Geständnis hing in der Luft, eine spürbare Wolke des Bedauerns und der Erleichterung. Der Raum war still, als sie die Offenbarung verarbeiteten. Clarys Herz schmerzte für Martha. Trotz ihrer Fehler in der Vergangenheit hatte sie sich ein Leben mit einer Familie aufgebaut, und Brenna hatte gedroht, ihr das alles zu nehmen.

"Aber ich habe sie nicht umgebracht", sagte Martha mit fester Stimme. "Ich habe sie gehasst für das, was sie getan hat, aber ich habe sie nicht umgebracht."

Clary nickte, ihre Gedanken rasten. Martha hatte ein Motiv, das war klar, aber hatte sie auch den Mumm, einen Mord zu begehen? Und was bedeutete das für ihre Ermittlungen?

Ethan, der während Marthas Geständnis geschwiegen hatte, ergriff schließlich das Wort. "Wir müssen weitersuchen", sagte er mit fester Stimme. "Es muss etwas geben, das wir übersehen."

Clary stimmte zu. "Wir sollten uns aufteilen und sehen, ob uns noch etwas auffällt. Wir können uns in einer Stunde wieder treffen."

Er runzelte die Stirn. "Ich mag es nicht, wenn man sich trennt."

Sie nickte. "Aber wir werden noch ein Stück weiter gehen."
Mit einem zögernden Nicken stand er auf und gab ihr ein Zeichen, ihm zu folgen. Sie ließen Martha in der Küche zurück, jeder in seine eigenen Gedanken versunken. Das Haus wirkte jetzt unheimlicher, die Schatten dunkler, aber sie konnte es sich nicht leisten, sich von der Angst überwältigen zu lassen. Sie hatten ein Geheimnis zu lösen und einen Mörder zu fangen.

# Neuntes Kapitel

CLARYS HERZ POCHTE in ihrer Brust, als sie sich durch das Haus bewegte, in ihrem Kopf wirbelten die Gedanken und Theorien. Das Haus war unheimlich still, das einzige Geräusch war das Knarren des alten Holzbodens unter ihren Füßen und der Wind, der draußen heulte. Als sie die Bibliothek betrat, einen Raum mit riesigen Bücherregalen und dem Duft von altem Papier, verspürte sie ein seltsames Unbehagen. Bibliotheken waren normalerweise beruhigend, aber dieser Ort ließ selbst das heiligste Heiligtum verdorben erscheinen. Sie bewegte sich durch den Raum, ihre Finger fuhren über die Buchrücken. Plötzlich stolperte sie und blieb mit dem Fuß auf einer losen Bodendiele hängen. Sie streckte die Hand aus, um sich zu stabilisieren, und ihre Hand landete auf einem Bücherregal.

Zu ihrer Überraschung bewegte sich das Bücherregal und enthüllte, dass es auch als versteckte Tür diente. Mit klopfendem Herzen stieß sie die Tür/das Regal auf und entdeckte ein verstecktes Büro. Es stand in krassem Gegensatz zum Rest des Hauses, modern und schnittig, mit einem großen Schreibtisch und einem hochmodernen Computer.

Als sie durch den Raum ging, wurde ihr klar, dass dies Brennas richtiges Büro war. Die Frau hatte auf der Insel gelebt und sie nicht nur für den Rückzug gemietet, wie sie angenommen hatten. Aber warum ein geheimes Büro?

Bald erkannte sie den Grund, warum Brenna diesen Bereich versteckt halten wollte. Das Büro war eine Schatztruhe voller Geheimnisse, eines schockierender als das andere. Clary ging zum Schreibtisch, ihre Finger zitterten, als sie die Schubladen öffnete und die Akten durchblätterte. In einer der Schubladen des Aktenschranks fand sie eine Schachtel mit der Aufschrift "M. Masterson". Mit einem Gefühl des Grauens öffnete sie sie und entdeckte eine DVD-Hülle. Das Cover war ein Standbild aus einem Erwachsenenfilm, und in der Ecke war eine junge Frau zu sehen, die Martha verblüffend ähnlich sah.

Die arme Martha. Das war das Geheimnis, das Brenna ihr anvertraut hatte, die Drohung, die sie in Schach gehalten hatte. Sie hörte Schritte und schloss schnell die Schachtel, bevor sie sich umdrehte und Ethan in der Tür stehen sah.

Seine Augen weiteten sich, als er den Raum in Augenschein nahm. "Was ist das für ein Ort?", fragte er, kaum mehr als ein Flüstern in der Stimme.

"Brennas richtiges Büro", sagte Clary mit zittriger Stimme. "Ich glaube, sie hat hier auf der Insel gelebt."

"Hm. Ich dachte, sie hätte es nur für diesen gruseligen Rückzugsort gemietet." Ethan setzte sich zu ihr, seine Augen suchten den Raum ab. Er nahm einen Stapel Papiere vom Schreibtisch und runzelte die Stirn, als er las. "Das sind Verträge", sagte er, und seine Stimme klang ungläubig. "Erpressungsverträge."

Clary trat näher heran und überflog mit ihren Augen die Dokumente. Jedes einzelne war schockierender als das andere. "Sieh dir das an", sagte sie und zeigte auf einen Vertrag mit dem Namen "Jay Sunders" darauf. "Ich kenne seinen Namen. Er ist ein berühmter Thriller-Autor. Brenna hat ihn gezwungen, auf die Hälfte seiner Tantiemen zu verzichten, um ihr Schweigen über ..." Sie blätterte einen Moment in der Akte. "Eine Affäre."

Ethan pfiff und schüttelte den Kopf. "Und dieser hier", sagte er und hielt einen weiteren Vertrag hoch, "Ynez Santos, dieser Popstar mit ihrer Biografie, die wie eine Kugel abging, wurde erpresst, unbezahlte Auftritte bei Brennas Veranstaltungen zu absolvieren. Sie drohte damit, eine frühere Verhaftung wegen Drogenbesitzes zu enthüllen. Das könnte Ynez ruinieren, da sie so ein gesundes Image hat."

Sie fuhren fort, die Dokumente zu sichten, und jedes einzelne enthüllte ein weiteres Stück von Brennas kompliziertem Netz der Manipulation. Es war klar, dass Brenna unter dem Deckmantel eines Verlags ein Erpressungsimperium betrieben hatte.

Als sie die Dokumente genauer untersuchten, fanden sie immer mehr Beweise für Brennas illegale Machenschaften. Es gab Briefe, in denen mit der Preisgabe von Geheimnissen gedroht wurde, Verträge, in denen Geld oder Dienstleistungen gefordert wurden, und sogar Fotos, die Karrieren ruinieren konnten.

Je mehr sie herausfanden, desto mehr wurde ihnen klar, wie wenig sie wirklich über Brenna gewusst hatten. Sie war eine Meisterin der Manipulation, die hinter den Kulissen die Fäden zog und ihre Autoren mit Drohungen und Erpressung bei der Stange hielt.

"Ich kann es nicht glauben", sagte Ethan und fuhr sich mit der Hand durch die Haare. "Wir wussten, dass sie hart, manchmal sogar rücksichtslos war, aber das ist etwas anderes."

Clary nickte, ihre Gedanken rasten. "Wir haben sie als Redakteurin respektiert, aber sie war nie unsere Freundin. Sie war immer so barsch. Doch das übersteigt alles, was ich mir vorstellen konnte."

Ethan seufzte und rieb sich die Schläfen. "Und dabei waren wir alle nur Spielfiguren in ihrem Spiel. Sie hat uns zu ihrem eigenen Vorteil manipuliert."

"Das ist im Grunde genommen das Verlagswesen", sagte sie mit einem kleinen Lächeln, das wieder verblasste. "Erpressung ist es aber nicht." Clarys Herz schmerzte für ihre Autorenkollegen. Sie alle waren Opfer von Brennas Manipulation gewesen. Sie hatten ihr ihre Karrieren, ihre Träume anvertraut, und sie hatte dieses Vertrauen ausgenutzt, um sie auszubeuten.

"Wir müssen es den anderen sagen", sagte Clary mit fester Stimme. Sie hob die Schachtel auf, die rechtmäßig Martha gehörte, als ihre Finger das kalte Metall berührten. "Und wir müssen das hier Martha zurückgeben." Ethan nickte mit grimmiger Miene. "Du hast recht. Lass uns gehen."

Sie verließen Brennas geheimes Büro und die Tür mit dem Bücherregal schloss sich mit einem leisen Klicken hinter ihnen. Im Haus war es unheimlich still, die Stille wurde nur durch ihre gedämpften Schritte unterbrochen. Sie machten sich auf den Weg zum Aufenthaltsraum, wo sie Timothy und Martha in ein leises Gespräch vertieft vorfanden.

"Leute", sagte Clary, ihre Stimme hallte in dem großen Raum wider. "Wir haben etwas gefunden."

Timothy und Martha drehten sich zu ihnen um und sahen sie mit neugierigen und besorgten Blicken an. Clary atmete tief durch und bereitete sich auf das bevorstehende Gespräch vor. Sie hielt die Schachtel hinter ihrem Rücken, außer Sichtweite.

"Wir haben Brennas echtes Büro gefunden", begann Ethan mit fester Stimme. "Und wir haben Beweise gefunden, dass Brenna Autoren erpresst hat. Ihre Geheimnisse gegen sie verwendet."

Der Raum wurde still, als Timothy und Martha die Nachricht vernahmen. Schock, Unglaube und schließlich Akzeptanz - in Marthas Fall viel schneller - flackerten über ihre Gesichter.

Als sie die Nachricht verinnerlicht hatte, trat Clary näher an Martha heran. Sie reichte ihr diskret die Schachtel und ihre Blicke trafen sich in einem stummen Austausch. Als Clary Martha die Schachtel gab, sah sie eine Veränderung in den Augen der älteren Frau. Das Misstrauen, das vorher da war, schien zu schwinden und wurde durch ein Aufflackern von Dankbarkeit ersetzt. Martha nahm das Kästchen, ihre Finger berührten Clarys in einem stillen Dankeschön.

"Aber wo ist Bella?", fragte Martha, kaum mehr als ein Flüstern in der Stimme. "Sie muss davon erfahren."

"Wir wissen es nicht. Wir haben nach ihr gesucht, aber sie ist nirgends zu finden", sagte Ethan.

Der Raum war still, als sie die Neuigkeiten vernahmen. Bella war verschwunden, Brenna hatte einige von ihnen erpresst, und sie alle waren Verdächtige in einem Mordfall. Es war wie ein Plot aus einem ihrer Romane, aber es war alles zu real, und sie waren mittendrin.

Ethans Blick war auf das Fenster gerichtet, der Sturm draußen warf einen düsteren Schatten auf seine Züge. "Wir müssen Bella finden", sagte er, und seine Stimme klang entschlossen. "Sie wird schon zu lange vermisst."

Timothy und Martha tauschten einen Blick aus, in ihren Gesichtern spiegelte sich dieselbe Besorgnis wider. "Bei diesem Wetter?", fragte Timothy, seine Stimme war kaum mehr als ein Flüstern. Draußen tobte der Sturm, und der Wind heulte wie ein Ungeheuer in der Nacht.

Ethan nickte, sein Kiefer war verhärtet. "Wir können hier nicht einfach sitzen bleiben. Bella könnte in Gefahr sein."

Clary erhob sich von ihrem Platz, ihr Herz pochte in ihrer Brust. "Ich komme mit dir", sagte sie. Bella war eine Drama-Queen, aber selbst sie würde nicht ohne ein Wort mitten in einem Sturm verschwinden.

Ethan nickte ihr dankbar zu. "Ich muss mir einen Pullover aus meinem Zimmer holen. Es ist eiskalt da draußen."

Sie machten sich auf den Weg zu Ethans Zimmer, das Haus war still um sie herum. Als Ethan seinen Koffer öffnete, purzelte ein Stapel Briefe auf den Boden. Clary bückte sich, um sie aufzuheben, und ihr Atem stockte, als sie Brennas Handschrift erkannte. "Was ist das?"

Ethan drehte sich um und sein Gesicht wurde blass, als er die Briefe in ihrer Hand sah. Er streckte die Hand aus, um sie zu nehmen, aber Clary zog sie zurück, und ihre Augen trafen seine. "Was ist das, Ethan?", wiederholte sie mit fester Stimme.

"Sie sind nichts", sagte Ethan zu schnell. Seine Augen waren groß und hatten einen Hauch von Panik.

Clary war nicht überzeugt. Sie hielt einen der Briefe hoch, ihr Herz pochte in ihrer Brust. "Das ist Brennas Handschrift", sagte sie, kaum mehr als ein Flüstern in der Stimme. Sie schnupperte an den verschnörkelten, rosafarbenen, goldumrandeten Umschlägen, die nach dem Parfüm der Herausgeberin rochen. Das mussten sie sein... "Warum hast du Liebesbriefe von Brenna?"

Ethans Gesicht war eine Maske der Scham. Er öffnete den Mund, um zu sprechen, aber es kamen keine Worte heraus. Er sah aus wie ein Mann, der in die Enge getrieben wurde, seine Augen huschten durch den Raum, als ob er nach einem Ausweg suchte.

Clary fühlte einen Stich des Verrats. Sie hatte Ethan vertraut und begonnen, Gefühle für ihn zu entwickeln. Und die ganze Zeit über hatte er dies vor ihr verheimlicht. Sie spürte, wie sich ein Kloß in ihrem Hals bildete, und ihre Augen brannten vor unverdauten Tränen.

"Ich verdiene eine Erklärung", sagte sie mit fester Stimme, trotz des Aufruhrs in ihr. Sie hielt seinen Blick fest und wartete darauf, dass er sprach. Ein beunruhigender Gedanke schlich sich in ihren Kopf. Könnte Ethan Brenna getötet haben? War es möglich, dass der Mann, für den sie sich zu interessieren begonnen hatte, zu einer solch abscheulichen Tat fähig war?

Eine Welle der Übelkeit überspülte sie. Sie trat einen Schritt zurück, ihre Hand griff instinktiv nach dem Türgriff hinter ihr. Sie musste raus, um zu atmen und zu denken.

Ethan schien ihre Verzweiflung zu spüren. "Clary, warte", sagte er mit flehender Stimme. "Lass es mich erklären."

Clary hielt inne, die Hand immer noch am Türgriff. Sie drehte sich zu ihm um, ihr Herz pochte in ihrer Brust. "Fang an zu reden."

Ethan holte tief Luft, sein Blick verließ ihren nicht. "Sie hat sich in mich verliebt, nachdem sie überzeugt war, dass die Heldin in meinem letzten Roman auf ihr basiert." Er schnaubte. "In Wahrheit basiert jeder

Bösewicht auf Brenna, aber sie hat angefangen, mir diese Briefe zu schicken. Ich habe sie nie ermutigt. Ich habe ihre Gefühle nie erwidert."

Clary empfand Mitleid, das jedoch schnell von ihrer Verwirrung und ihrem Schmerz überschattet wurde. "Warum hast du es mir nicht gesagt?", fragte sie, ihre Stimme war kaum ein Flüstern.

"Ich hatte es vor", sagte Ethan, seine Stimme war voller Bedauern. "Ich habe die Briefe hierher gebracht, um sie damit zu konfrontieren, um ihr zu sagen, dass sie aufhören soll. Ich habe sogar darüber nachgedacht, die Verbindung mit dem Verlag zu kappen und mich selbständig zu machen."

Clary schwieg, ihr Geist war ein Wirbel von Gedanken und Gefühlen. Sie wusste nicht, was sie glauben sollte. Sie brauchte Zeit, um alles zu verarbeiten. "Ich... ich muss nachdenken", sagte sie mit zittriger Stimme. Sie warf die Briefe auf sein Bett, drehte sich um und verließ den Raum, um Ethan mit seinen Briefen und seiner Schuld allein zu lassen.

Als sie die Treppe hinunterging, sah sie Bella in der Küche. Sie war allein, ihr Gesicht blass und gezeichnet. Sie musste mit ihr reden, um ihre Sicht der Dinge zu erfahren, aber zuerst musste sie einen klaren Kopf bekommen, um die Enthüllungen über Ethan zu verarbeiten. Sie war sich nicht mehr sicher, wem sie vertrauen konnte, und das war ein erschreckender Gedanke.

# Zehntes Kapitel

BELLA STAND MIT DEM Rücken zur Tür und starrte aus dem Fenster auf den Sturm, der draußen tobte. Der Raum war erfüllt von Kaffeeduft, ein starker Kontrast zu der Spannung, die in der Luft lag.

"Wir müssen reden."

Bella drehte sich um, ihre Augen waren wachsam. "Worüber?", fragte sie mit abwehrender Stimme.

"Über Brenna", sagte Clary und begegnete Bellas Blick. "Über deine Beziehung zu ihr."

Bellas Gesicht verhärtete sich, ihre Lippen formten sich zu einer dünnen Linie. "Was ist damit?", fragte sie mit kalter Stimme.

Sie hielt ihren Blick fest, ihr Herz pochte in ihrer Brust. "Es scheint, als ob es zwischen euch beiden Spannungen gab."

Bella spottete und verschränkte die Arme vor der Brust. "Anspannung? So nennst du das also?"

"Es gab also ein Problem?"

Bella schwieg einen Moment lang, ihr Blick war auf Clary gerichtet. "Brenna und meine Mutter waren Jugendfreunde", sagte sie, ihre Stimme war kaum höher als ein Flüstern. "Deshalb hat sie mir überhaupt erst eine Chance gegeben, aber sie hat mich immer gedrängt, immer mehr erwartet."

"Und hat das zu einem Zerwürfnis geführt?", fragte Clary mit sanfter Stimme.

Bellas Blick fiel auf den Boden, ihre Hände waren zu Fäusten geballt. "Sie wollte dich ersetzen", sagte sie mit zittriger Stimme. "Sie wollte, dass ich für dich einspringe, Clary, weil du dein Publikum verlierst und unzuverlässig bist, wenn du Termine verpasst. Dann entschied sie, dass ich nicht gut genug sei."

Clary zuckte zusammen. Sie hatte gemerkt, dass Brenna ungeduldig auf ihre Schwächen reagierte, aber sie hatte nicht gemerkt, dass sie versuchte, sie auf dem Markt für Liebesromane zu ersetzen. Es tat weh, aber sie musste sich eingestehen, dass sie in den letzten Jahren Probleme mit dem Schreiben gehabt hatte. Es hatte mit Stuart angefangen, als ihr klar geworden war, dass Liebe nicht genug war und vielleicht nicht einmal wirklich existierte.

"Wollte sie dich absetzen?", fragte sie und versuchte, ihre Stimme ruhig zu halten. Innerlich wollte sie fragen, wie bald Brenna auch *sie* absetzen wollte.

Bella nickte, ihre Augen waren mit einer Mischung aus Wut und Schmerz gefüllt. "Sie sagte, ich sei noch nicht so weit, ich bräuchte mehr Zeit, aber ich wusste, was sie wirklich meinte. Sie dachte, ich sei nicht gut genug."

"Und wie hast du dich dabei gefühlt?", fragte Clary, während ihre Gedanken rasten. Das war ein Motiv, ein starkes Motiv, aber reichte es aus, um Bella zum Mord zu treiben?

Bellas Lachen war bitter. "Was glaubst du, wie ich mich dabei gefühlt habe? Ich war wütend. Ich fühlte mich verraten. Aber ich habe sie nicht umgebracht, falls du das andeuten willst."

Clary hob beschwichtigend die Hände. "Ich beschuldige dich nicht. Ich versuche nur zu verstehen."

Bellas Blick war hart, aber sie nickte. "Gut. Versteh das. Ich habe Brenna nicht umgebracht. Ich habe sie gehasst, ja, aber ich habe sie nicht umgebracht."

Clary nickte, ihre Gedanken wirbelten durcheinander. Bella hatte ein Motiv, das war klar, aber würde sie einen Mord begehen? Und was bedeutete das für ihre Ermittlungen?

Als sie Bella verließ, beschloss Clary, dass sie Bella genau im Auge behalten würde. Sie wusste nicht, ob Bella schuldig war, aber sie konnte es sich nicht leisten, ein Risiko einzugehen. Nicht, wenn ihr Leben auf dem Spiel stand.

Clary verließ die Küche, in ihrem Kopf drehten sich die Fragen. Als sie den Flur hinunterging, stieß sie fast mit Ethan zusammen.

"Ich bin froh, dass ich dich gefunden habe", sagte er und fasste sie sanft am Arm. "Bitte, hör mir einfach zu."

Clary hielt inne und sah zu ihm auf. Die Ernsthaftigkeit in seinen Augen brachte sie dazu, ihm glauben zu wollen, zu glauben, dass er unschuldig war.

"Ich weiß, dass es schlimm erscheint, aber du musst mir glauben, dass ich Brenna nie etwas antun würde", sagte Ethan. "Was auch immer sie dachte, was zwischen uns war, ich habe es nicht erwidert. Du musst mir vertrauen."

Clary zögerte. Sie wollte ihm glauben, aber ihre Instinkte als Amateurdetektivin rieten ihr, nicht unvorsichtig zu werden. "Okay", sagte sie schließlich vorsichtig, da sie wusste, dass sie ihm jetzt nicht völlig vertrauen konnte. "Ich werde weiter mit dir zusammenarbeiten, um das herauszufinden, aber keine Geheimnisse mehr, abgemacht?"

Ethan nickte, Erleichterung überflutete seine Miene. "Abgemacht. Danke, Clary."

Während sie gemeinsam das Haus weiter durchsuchten, verdrängte Clary die Zweifel, die wieder auftauchten. Sie konnte es sich nicht leisten, jemandem blind zu vertrauen, nicht einmal Ethan. Immerhin hatte er ein Motiv und eine Gelegenheit, wenn er die Wahrheit über Brennas unerwünschte Annäherungsversuche sagte. Und sein Haar war nass gewesen, kurz nachdem sie Brenna im Regen hatte liegen sehen...

Sie warf einen diskreten Blick auf ihn und bemerkte wieder, wie gut er aussah. Nein, sie musste objektiv bleiben. Für den Moment würde sie mit ihm zusammenarbeiten, aber dennoch auf der Hut sein. Das Armband, das bei der Leiche gefunden wurde, war immer noch das größte Fragezeichen. Warum sollte der wahre Mörder einen so offensichtlichen Hinweis hinterlassen, der auf sie hinweist? Offensichtlich wollte man sie als Täterin erscheinen lassen. Sie zitterte. Ethan schien ihr so schnell wieder zu vertrauen, trotz dieser belastenden Beweise. War das nur gespielt? Hatte er gewusst, dass sie nicht die Mörderin sein konnte, weil *er* es war? Sie schüttelte sich. Die Zeit würde die Wahrheit ans Licht bringen. Im Moment musste sie wachsam bleiben und weiter ermitteln. Der Mörder war immer noch auf freiem Fuß, und sie konnte nicht zulassen, dass ihre widersprüchlichen Gefühle ihr Urteilsvermögen beeinträchtigten.

Clary seufzte wehmütig und stellte sich vor, wie sie in ihr gemütliches Häuschen zurückkehrte, mit Mr. Darcys weichem Fell unter ihren Fingern und einer warmen Tasse Kamillentee, die auf dem Tisch neben ihr dampfte. Keine verwirrenden Schwärmereien oder verworrenen Mordfälle, die es zu entwirren galt. Nur der leere Bildschirm, der geduldig auf ihre Worte wartet. Anstatt sich vor dem Schreiben zu fürchten, wie sie es viel zu oft getan hatte, konnte sie es kaum erwarten, sich wieder in den Prozess zu vertiefen. Einem Mord nahe zu sein, muss das Heilmittel gegen eine Schreibblockade sein.

Wenn sie sich doch nur jetzt dorthin zurückversetzen und diesen gotischen Albtraum hinter sich lassen könnte. Doch die Vorstellung verblasste schnell, als Ethans Stimme sie in die Gegenwart zurückholte.

"Clary? Hast du das gehört?"

Sie blinzelte und konzentrierte sich auf ihn. "Was hören?"

"Hör zu."

Eine Sekunde später durchbrach ein lauter Schrei die Stille.

# Elftes Kapitel

CLARY ZUCKTE ZUSAMMEN, als ein weiterer markerschütternder Schrei die Luft durchdrang. Sie tauschte einen alarmierten Blick mit Ethan aus, bevor sie beide den Flur hinunterliefen.

Als sie atemlos im Foyer ankamen, fanden sie Bella dramatisch auf dem Marmorboden ausgestreckt vor. Über ihr lag einer der steinernen Wasserspeier, die die Wände schmückten, mit zerbrochenem Schwanz auf dem Boden.

"Es hat mich fast erdrückt", rief Bella und fuhr sich mit der Hand über die Stirn.

Clary eilte herbei, um ihr aufzuhelfen, und warf einen misstrauischen Blick auf den weitgehend unversehrten Wasserspeier. "Was ist passiert?"

"Ich ging gerade vorbei, als er sich plötzlich löste und fiel. Wenn ich nicht rechtzeitig zurückgesprungen wäre..." Bella brach ab und tupfte sich imaginäre Tränen ab.

Clary half Bella auf die Beine und bemerkte, dass sie sich trotz der Theatralik ruhig verhielt.

"Sehen wir uns diesen Wasserspeier einmal genauer an", sagte Ethan und ging auf die Trümmer zu.

Clary nickte und folgte ihm hinüber. Während Ethan die Befestigungshaken untersuchte, tastete sie die Trümmer ab. Ihr Blick blieb an ein paar glänzenden Flecken entlang einer abgebrochenen

Kante hängen. Als sie sich näher heranlehnte, sah sie, dass es sich um rosa Politur handelte. Und nicht irgendein Pink - es war genau der Kaugummi-Ton, den Bella gerade an ihren Fingern trug.

"Was haben wir denn hier?" Ethan drehte sich um und entdeckte das belastende Beweismaterial. Verstehen blitzte in seinen Augen auf.

"Bella", fragte er gleichmäßig, "würdest du mir erklären, wie dein Nagellack auf diesen Wasserspeier gekommen ist?"

Bellas Gesicht rötete sich, aber sie hielt ihr Kinn hoch. "Ich habe keine Ahnung, wovon du redest."

"Ich glaube, du weißt es", sagte Clary. "Gib einfach zu, was hier wirklich passiert ist."

"Wie kannst du es wagen?" Bella kreischte. "Ich wurde fast umgebracht, und du unterstellst ... Ich gehe! Ich werde nicht hier stehen und mir vorwerfen lassen, dass ich meinen eigenen Mord fabriziert habe."

"Versucht", sagte Ethan mit einem Anflug von Humor, den Clary bewunderte, denn das Wort war auch ihr über die Lippen gekommen.

Mit einem grimmigen Blick zappelte sie davon und ließ nur den Duft ihres blumigen Parfums zurück.

Clary begegnete Ethans Blick. "Das lief ungefähr so gut wie ein Artischocken-Verkostungswettbewerb."

Ethan gluckste. "Sie hat eindeutig etwas zu verbergen. Wir werden sie weiter unter Druck setzen müssen."

Clary nickte, aber die Ungewissheit plagte sie immer noch. Die ganze Situation gab ihr das Gefühl, als würde sie mit einer Kettensäge operieren statt mit einem Skalpell. Und der nagende Gedanke an das eingepflanzte Armband nagte an ihrer Zuversicht.

Sie seufzte. "Schauen wir uns noch einmal um. Vielleicht haben wir vorhin einen Hinweis übersehen."

Während sie sich durch die unheimlichen Hallen des Hauses bewegten, versuchte sie, sich auf die bevorstehende Aufgabe zu konzentrieren, aber immer wieder schlichen sich Zweifel ein, die ihre übliche Entschlossenheit untergruben. Sie konnte nur hoffen, dass sie und Ethan gemeinsam den Mörder finden konnten, bevor ihr Name auf einem Grabstein eingemeißelt wurde.

Clary und Ethan machten sich auf den Weg in die Bibliothek, in der Hoffnung, weitere Hinweise zu finden. Als sie eintraten, sahen sie Martha und Timothy in der Nähe des Kamins sitzen, in ein leises Gespräch vertieft. Sie sahen auf, als Clary und Ethan sich näherten.

"Habt ihr etwas Neues gefunden?", fragte Martha.

Clary erzählte ihnen schnell von dem verdächtigen Vorfall mit dem Wasserspeier und Bella.

"Sie inszeniert eindeutig Anschläge, um den Verdacht von sich abzulenken", sagte Ethan.

Martha schüttelte den Kopf. "Vielleicht geht es ihr nur um Aufmerksamkeit und darum, als wichtig anerkannt zu werden. Das arme Mädchen. Brenna hat ihr wirklich etwas angetan."

Clary nickte wohlwollend. "Trotzdem ist ihr Verhalten ziemlich belastend. Ich frage mich..."

Sie brach ab und dachte an den Vorfall mit dem Kronleuchter zurück. Damals hatte sie Bellas Beteiligung abgetan. Aber jetzt...

"Glaubst du, dass sie auch etwas mit dem Kronleuchter zu tun hat?", fragte Timothy, der ihren Gedankengängen eindeutig folgte.

"Das ist möglich", sagte Ethan. "Kann jemand bestätigen, wo Bella war, als es passierte, oder wann das, was mit Brenna passiert ist... passiert ist?"

Die anderen tauschten unsichere Blicke aus und schüttelten den Kopf.

"Ich glaube, sie war allein, als der Kronleuchter fiel..." Timothy runzelte die Stirn. "Ich habe sie gestern Abend im Flur gesehen, aber mir fällt gerade ein, dass sie dir gesagt hat, sie sei den ganzen Abend in ihrem Zimmer gewesen."

Clarys Augen weiteten sich. "Das ist eine große Lücke in ihrer Geschichte." Wenn Bella über ihren Aufenthaltsort gelogen hatte, machte sie das noch verdächtiger. Clary hatte das Gefühl, dass sie bei den Ermittlungen endlich vorankamen, aber die Zweifel blieben bestehen. Sie wurde den Gedanken nicht los, dass Bella nur eine Schachfigur in dem verdrehten Spiel des wahren Mörders sein könnte. Sie wollten andere reinlegen, um von sich selbst abzulenken, so wie sie es mit ihr versucht hatten, indem sie ihr das Armband untergeschoben hatten. Eine Drama-Queen zu sein, macht einen nicht zu einem Mörder. Aber vielleicht half es, einen zum Mörder zu machen?

"Ich denke, wir sollten ihr Zimmer durchsuchen und auch nach physischen Beweisen suchen, die sie mit den Anschlägen in Verbindung bringen", sagte Clary.

"Das ist so eine Invasion ..." Martha brach mit einem Seufzer ab und nickte. "Ja, ich denke, das müssen wir."

Als sie zustimmte, schlossen sich die anderen schnell an, und wenige Augenblicke später gingen sie leise die Treppe hinauf.

Als sie zu Bellas Zimmer schlichen, wandte sich Clary an Timothy. "Was denkst du über Bella? Ist dir in der Vergangenheit etwas Merkwürdiges an ihrem Verhalten aufgefallen?"

Timothy zögerte und schob sich die Brille auf die Nase. "Einmal, auf einer Schriftstellerkonferenz, hat sie es richtig krachen lassen. Sie nannte ständig die Namen berühmter Autoren, mit denen sie sich angeblich getroffen hatte, und prahlte mit Verkaufszahlen, von denen ich wusste, dass sie übertrieben waren."

Ethan räusperte sich. "Ich habe sie einmal auf einem Kongress gesehen. Sie hat sich sehr bemüht, diesen bekannten Fantasy-Autor zu beeindrucken. Ich hatte das Gefühl, dass sie gerne die Wahrheit verdreht, wenn sie dadurch Aufmerksamkeit bekommt."

Clary nickte nachdenklich. "Interessant. Was ist mit dir, Martha? Ist Ihnen etwas Fragwürdiges an Bellas Verhalten aufgefallen?"

Martha schürzte ihre Lippen. "Ich habe beobachtet, wie sie sich bei bestimmten Leuten einschmeichelt - bei Redakteuren, Bloggern und einflussreichen Autoren. Sie geht strategisch vor, mit wem sie sich anfreundet und wie." Sie senkte ihre Stimme und sah verlegen aus. "Auf einer Branchenparty gab sie vor, beschwipst zu sein und erzählte dem Gastgeber eine rührselige Geschichte. Sie alle kennen David Tyers." Wie könnten sie auch nicht? "Er hat sie schließlich allen Top-Agenten vorgestellt." Sie hob bedeutungsvoll die Augenbrauen und sah Clary an. "Bella weiß, wie man mit Leuten umgeht, um weiterzukommen. Ich würde es ihr zutrauen, Anschläge zu inszenieren."

Clary nahm dies auf und verglich es mit ihren eigenen Beobachtungen über Bellas Durst nach Ruhm und ihren Hang zum Drama. Das Bild einer berechnenden, nach Rampenlicht gierenden Persönlichkeit wurde schärfer.

Wenn Bella so gewillt war, Situationen zu ihrem Vorteil zu manipulieren, machte es durchaus Sinn, Angriffe zu inszenieren, um unschuldig zu wirken. Clary hatte das Gefühl, dass sie auf der richtigen Spur waren. Hoffentlich würde die Zimmerdurchsuchung den endgültigen Beweis liefern, den sie brauchte.

"In Ordnung, lasst uns weitergehen, aber leise - wir wollen nicht, dass Bella weiß, dass wir ihr auf der Spur sind. Clary wies sie an, weiterzugehen, in der Hoffnung, dass das Ende dieses Geheimnisses endlich in Sicht war.

Als sie sich heimlich Bellas Zimmer näherten, zitterte Clary vor Erwartung und Befürchtungen. Der Flur war in Dunkelheit gehüllt, bis auf den schwachen Schein einer entfernten Lampe. Jede knarrende Bodendiele unter ihren Füßen hallte wie ein Donnerschlag in der Stille der Nacht wider.

# Zwölftes Kapitel

CLARYS GEDANKEN ÜBERSCHLUGEN sich, als sie die Punkte zwischen Bellas manipulativer Taktik und den beunruhigenden Ereignissen, die sich entwickelt hatten, verknüpfte. Wenn Bella bereit war, die Wahrheit zu verbiegen und andere zu benutzen, um ihre Karriere voranzutreiben, war es klar, warum sie Brenna aus dem Weg haben wollte. Vielleicht hatte sie das Gefühl, dass Brenna sie zurückhielt und auf ihr herumhackte, anstatt zu erkennen, dass sie ihre Fähigkeiten weiter entwickeln musste.

Aber warum Adrian töten? Das war die bleibende Frage. Es schien nicht so, als hätte sie ihn aus der Not heraus getötet, als hätte er sie beim Mord an Brenna entdeckt. Nein, sein Tod war etwas Persönliches, ein Racheakt, der in seinem eigenen Zimmer vollzogen wurde, während er schlief.

Ihre Schritte machten kaum ein Geräusch, als sie sich Bellas Tür näherten. Clarys Hand zitterte leicht, als sie den Türknauf drehte, in der Hoffnung, ein Beweisstück zu finden, das Licht auf die gesuchte Wahrheit werfen würde.

In Bellas Zimmer war die Luft schwer vor Erwartung. Clarys Augen suchten die Umgebung ab, auf der Suche nach irgendeinem Anhaltspunkt, der Bellas wahre Absichten verraten könnte. Ihr Blick blieb auf einem Schreibtisch hängen, auf dem ein Stapel Briefe lag.

Mit angehaltenem Atem hob Clary einen der Briefe auf und begann zu lesen. Die Worte sprudelten hervor wie ein Geständnis, ein

Zeugnis der geheimen Affäre zwischen Bella und Adrian. Die Briefe begannen als leidenschaftliche Liebesbriefe, die von gestohlenen Momenten und geflüsterten Versprechen erzählten, aber als Clary weiterlas, änderte sich der Ton.

Adrians Worte wurden feierlich, seine Schuldgefühle offensichtlich. Er drückte seinen Wunsch aus, die Affäre zu beenden, sich seiner Ehe zu widmen und den durch ihre unerlaubte Beziehung verursachten Schaden zu reparieren. Er flehte Bella an, zu verstehen und loszulassen, und drängte sie, ihr Glück außerhalb ihrer verbotenen Beziehung zu finden.

Die Erkenntnis traf Clary wie eine Flutwelle. Bellas Motiv, Adrian loswerden zu wollen, wurde klar. Sie war von Eifersucht und Groll zerfressen und konnte den Gedanken nicht ertragen, dass er sie zurücklassen und zu seiner Frau zurückkehren würde. Hatte sie sich nicht abfällig über Adrians Frau geäußert, als sie ihm von Brennas Tod berichteten und ihn ebenfalls tot auffanden? Ehefrau irgendwas...? Die Briefe waren ein Fenster zu ihrer Verzweiflung und ihrer Entschlossenheit, an etwas festzuhalten, das ihr entglitt.

Clary betrachtete die Tinte auf den Briefen genauer und war sich sicher, dass sie mit einem altmodischen Füllfederhalter geschrieben worden waren, da die Wörter schief standen und die Tinte tropfte - ein Stift wie der, mit dem man Adrian ins Herz gestochen hatte. Es war eine erschreckende Erkenntnis, als sich die Teile des Puzzles zusammenfügten. Bellas Liebe hatte sich in Hass verwandelt, ihre Besessenheit von Adrian hatte sie auf einen dunklen Pfad geführt. Hatte Brenna gesehen, wie sie Adrian tötete und in die Nacht floh? Wenn ja, warum hatte sie nicht um Hilfe gerufen?

Clary legte die Briefe vorsichtig zurück auf den Schreibtisch, ihre Hände zitterten vor einer Mischung aus Besorgnis und Entschlossenheit. Sie hatten den Beweis gefunden, den sie brauchten, die unbestreitbare Verbindung zwischen Bella, der Affäre und Adrians Mord. Es war an der Zeit, sie zu konfrontieren, die Wahrheit ans Licht zu bringen und dafür zu sorgen, dass der Gerechtigkeit Genüge getan wurde.

Clary atmete tief durch und wandte sich an ihre Begleiter, wobei ihre Augen entschlossen glänzten. "Wir haben, was wir brauchen", sagte sie mit fester Stimme. "Es ist an der Zeit, Bella zu konfrontieren und der Sache ein Ende zu setzen."

Als Clary und ihre Begleiter sich umdrehten, trafen ihre Blicke auf Bella, die in der Tür zu ihrem Zimmer stand. Eine Mischung aus Überraschung und Empörung huschte über ihr Gesicht, als sie ihre Anwesenheit wahrnahm.

"Was glaubst du, was du in meinem Zimmer machst?" rief Bella, und ihre Stimme klang empört. "Das ist eine Verletzung meiner Privatsphäre."

Clarys Gesichtsausdruck blieb entschlossen, als sie einen Schritt nach vorne machte und den Abstand zwischen ihnen verringerte. "Wir haben Grund zu der Annahme, dass Sie in die Geschehnisse verwickelt sind, die sich ereignet haben."

Bella spottete und verschränkte abwehrend die Arme. "Involviert? Das ist doch absurd. Du hast keine Beweise für solche Anschuldigungen."

Clary hielt Bellas Blick fest. "Oh, aber wir wissen es. Wir haben Informationen gesammelt, Berichte von anderen, und haben belastende Beweise gefunden, die direkt auf dich hindeuten."

Bellas Augen weiteten sich, ein Aufflackern von Angst und Erkenntnis durchzog kurz ihre Züge. "Du bluffst doch nur." Sie warf ihr blondes Haar durcheinander, ihre Stimme bebte vor Trotz und Besorgnis.

Clary streckte den Stapel mit Adrians Briefen aus. Mit bedächtigen Bewegungen reichte sie sie Bella. "Lies sie", sagte sie, und ihr Tonfall durchbrach die Spannung. "Es sind Briefe, die Adrian an dich geschrieben hat, in denen er über eure Affäre und seine Absicht, sie zu beenden, berichtet. Natürlich brauchst du sie nicht zu lesen, oder? Und sie sind mit Tinte und einem Füllfederhalter geschrieben, nicht wahr?" Sie weigerte sich, die Briefe anzunehmen. "Er war so prätentiös mit seinen alten Füllfederhaltern und Tintenflaschen. Er tippte sogar auf einer antiken Schreibmaschine und war nie in den sozialen Medien." Sie kräuselte die Lippen. "Das macht mich nicht zu einem Mörder."

Timothy trat vor, seine Stimme war ruhig, aber bestimmt. "Wir haben auch Ihre manipulativen Taktiken gesehen - Ihre Versuche, andere zu benutzen, die Wahrheit zu verdrehen und sich einen Vorteil in Ihrer Karriere zu verschaffen."

Martha nickte zustimmend. "Du machst es dir bei einflussreichen Leuten gemütlich, täuschst Emotionen vor und arbeitest dich strategisch in vorteilhafte Situationen vor", sagte sie mit einem Hauch von Enttäuschung in der Stimme. "Alles nur für deinen eigenen Ehrgeiz."

Bellas Gesicht erblasste, als das Gewicht ihrer Worte in ihr aufstieg. Für einen Moment schien sie überwältigt zu sein, ihre Emotionen schwankten am Abgrund. Dann wurde ihr Gesichtsausdruck wieder trotzig. "Das macht mich nicht zu einem Mörder. Es verschafft mir nur einen Vorsprung vor erbärmlichen Verlierern wie euch allen."

"Wen hast du zuerst getötet?", fragte Ethan.

Bella erstarrte, antwortete aber nicht.

"Ich denke, es muss Adrian gewesen sein, und Brenna hat sie auf frischer Tat ertappt. Bella beschloss, was war noch einer?", sagte Clary.

Bella spottete, und dann stieß sie Clary in einem Anfall impulsiver Reaktion von sich weg und stürmte aus dem Zimmer, wobei ihre Schritte auf dem Flur widerhallten.

Clary stolperte unter der Wucht von Bellas Stoß zurück, ihr Gleichgewicht war kurzzeitig gestört. Als sie sich wieder aufrappelte, ertönte ihre Stimme, die von Entschlossenheit und Dringlichkeit geprägt war. "Ihr nach! Los!" rief Clary ihren Begleitern zu, ihre Worte durchbrachen die chaotische Atmosphäre. "Ich werde sie einholen!"

Sie rannten hinter Bella her, ihre Schritte hallten durch die Gänge, als sie sie in die Umgebung verfolgten, fest entschlossen, sie zu fangen und die Wahrheit aufzudecken, die sich hinter ihren Handlungen verbarg.

Clary kämpfte darum, ihr Gleichgewicht wiederzufinden, und ihre Schuhe rutschten auf dem polierten Boden. Sie schlug mit den Armen um sich und versuchte verzweifelt, sich zu stabilisieren, bevor sie endlich wieder auf die Beine kam. Als sie ihr Gleichgewicht wiedergefunden hatte, waren ihre Begleiter bereits an ihr vorbeigeeilt, und ihre eiligen Schritte hallten durch den Flur.

Schwer atmend fasste Clary sich schnell wieder. Sie durfte keine Zeit mehr verlieren. Mit einem neuen Gefühl der Dringlichkeit eilte sie die Treppe hinunter, ihre Schritte hallten in der großen Eingangshalle wider.

Als Clary den Fuß der Treppe erreichte, konnte sie einen Blick auf Bellas Gestalt erhaschen, die durch die offene Haustür verschwand. Draußen tobte der Sturm weiter, es regnete in Strömen und der Wind heulte mit unbändiger Wut. Clary ignorierte ihre durchnässte Kleidung und die Böen, die sie zurückzudrängen drohten, und stürmte weiter, fest entschlossen, Bella einzuholen.

Mit jedem Schritt, den sie tat, schien sich der Abstand zwischen ihnen zu vergrößern, aber Clarys Entschlossenheit brannte hell in ihr. Sie schlitterte über den glatten Weg, ihre Schuhe rutschten auf dem nassen Boden aus. Ihr Herz raste, angetrieben vom Adrenalin, als sie sich mehr anstrengte, um den Abstand zwischen ihnen zu verringern.

Der Regen klebte Clary die Haare ins Gesicht und trübte ihre Sicht, aber sie ging weiter, ihre Entschlossenheit trieb sie an. Jeder Schritt brachte sie näher an Bella heran, ihr Ziel fest vor Augen - sie zu fassen und die Wahrheit herauszufinden. Sie musste wissen, wer Brenna getötet hatte, um zu beweisen, dass sie es nicht war, denn Bella hatte dafür gesorgt, dass ihr Armband im Tod mit Brenna verbunden war.

Ihre Lungen brannten vor Anstrengung, und ihre Beine fühlten sich schwer an, aber Clary weigerte sich, aufzugeben. Sie biss die Zähne zusammen, ihre Augen auf Bellas zurückweichende Gestalt gerichtet. Mit jedem Schritt spürte sie, wie sich der Abstand verringerte und ihre Entschlossenheit sie vorwärts trieb.

Der Wind peitschte an Clarys durchnässten Kleidern und drohte, sie aus dem Gleichgewicht zu bringen, aber sie kämpfte gegen seine Kraft an, ihre Augen starr auf die Gestalt vor ihr gerichtet, ihre Konzentration unerbittlich. Der Sturm tobte um sie herum und spiegelte den Aufruhr in ihrem eigenen Kopf wider.

Mit schierer Willenskraft stürmte Clary vorwärts. Sie bemühte sich, durch die regengetränkte Düsternis zu sehen, während die Sonne schnell vom Himmel verschwand, und ihr Herz klopfte mit jedem verstreichenden Moment.

Als Clarys Schritte schneller wurden, verringerte sie den Abstand zwischen ihnen. Das Geräusch ihrer stampfenden Schritte vermischte sich mit dem trommelnden Regen und schuf eine Symphonie der Verfolgung inmitten des Sturms. Sie konnte den Sieg fast schon schmecken, obwohl ihr Atem in kurzen Stößen kam.

Mit aller Kraft, die sie noch hatte, drängte Clary sich, um Bella einzuholen. Die Verfolgung war zu einem Wettlauf mit der Zeit und den Elementen geworden, und sie war fest entschlossen, die Ziellinie zu überqueren.

# Dreizehntes Kapitel

SCHLIESSLICH HOLTE CLARY Bella gerade ein, als sie einen abgelegenen Platz im Freien erreichte. Schwer keuchend ging sie auf sie zu, in ihrer Stimme lag eine Mischung aus Entschlossenheit und Neugierde. "Bella", rief Clary, ihre Stimme leicht atemlos. "Warte."

Bella drehte sich um, ihr Gesicht war eine Maske der Überraschung, gemischt mit einem Hauch von Trotz. "Was willst du?", schnauzte sie, ihre Stimme triefte vor Feindseligkeit.

Clary trat einen Schritt näher, ihr Blick war unerschütterlich. "Ich will wissen, wie mein Armband in deinen Besitz gelangt ist", sagte sie mit fester Stimme. "Und warum du es benutzt hast, um mich reinzulegen."

Bellas Augen flackerten und ihr Gesichtsausdruck verriet einen Moment lang einen Hauch von Schuld. Sie ballte die Fäuste und presste die Lippen zu einer festen Linie zusammen. Die Spannung in ihrem Körper sprach Bände und verriet eine Mischung aus Eifersucht und Verbitterung.

"Du denkst, du bist so perfekt, Clary." Ihre Stimme war voller Bitterkeit. "Alle verehren dich, während ich ständig übersehen werde. Ich wollte ihnen deine Schwächen zeigen, damit sie an dir zweifeln."

Clary runzelte die Stirn und versuchte, Bellas heftige Reaktion zu verstehen. Ihre geringe Bekanntschaft machte Bellas Feindseligkeit noch rätselhafter. Sie holte tief Luft, ihre Stimme war fest. "Wir kennen uns kaum. Warum würdest du dir solche Mühe geben, um mich reinzulegen?"

"Weil du anstelle von mir leiden solltest." Ihr Blick verdrehte sich.

"So wie Brenna gelitten hat. Ich sah, wie Adrian nach Luft rang, und ich wusste, dass es noch befriedigender wäre, sie zu töten."

"Wie hast du das gemacht?" Sie erwartete nicht wirklich eine Antwort von Bella und war daher überrascht, als sie wieder sprach.

"Sie war im Sonnenzimmer und bearbeitete etwas bei Kerzenlicht. Genauso prätentiös und lächerlich wie Adrian mit seiner Weigerung, die moderne Technik anzunehmen. Wahrscheinlich war es dein nächstes großes Meisterwerk, das sie mit ihrem erbärmlichen Rotstift zum Bluten brachte." Ihr Blick verzerrte sich vor Wut und Bitterkeit.

"Sie wusste es. Irgendwie wusste sie es..."

"Was gewusst?"

"Dass ich dort war, um sie zu töten. Sie warf einen Blick auf mich und rannte hinaus. Sie hat nie um Hilfe gerufen. Vielleicht ist die alte Hexe in Panik geraten." Sie stieß ein kaltes Lachen aus. "Ich schnappte mir den Stift und folgte ihr. Ich verfolgte sie und stach auf sie ein, wie sie es verdient hatte."

Clary fröstelte, und das lag nicht nur an dem kalten Regen. "Okay." Sie tat so, als würde sie das nicht stören. "Warum mich also reinlegen?", fragte sie erneut. "Wir kennen uns doch kaum."

Bellas Gesicht verzerrte sich mit einer Mischung aus Frustration und Neid. "Das ist nicht fair", sagte sie, und ihre Stimme klang verärgert. "Du bekommst alles geschenkt, und ich stehe in deinem Schatten. Ich wollte ihnen zeigen, dass du nicht so perfekt bist, wie sie denken."

"Ich verstehe, dass es von außen so aussehen mag, aber glauben Sie mir, mir wurde nichts geschenkt", sagte Clary, und ihre Stimme klang aufrichtig. "Ich habe unermüdlich für meinen Erfolg gearbeitet, genau wie jeder andere auch, und ich hatte es sicherlich nicht leicht."

Bellas Gesicht verzerrte sich mit einer Mischung aus Frustration und Neid, ihr Groll sickerte durch ihre Worte. "Du hast leicht reden", sagte sie, und in ihrer Stimme schwang Bitterkeit mit. "Du hast Talent, Verbindungen und Möglichkeiten, von denen ich nur träumen kann. Es ist, als ob du mühelos durchs Leben segelst, während ich mich abmühen muss."

Clary schüttelte den Kopf, ihre Stimme war voller Mitgefühl. "Ich habe meinen Teil an Herausforderungen und Rückschlägen erlebt. Jahrelang habe ich an der Seite von Brenna gearbeitet und ihre harsche Kritik und ihre Vergleiche ertragen. Es war alles andere als ein leichter Weg. Der Erfolg kam durch Beharrlichkeit, durch das Lernen aus meinen Fehlern und durch das Ergreifen der Chancen, die sich mir boten."

Sie hielt inne und ihr Blick traf Bellas Blick mit Aufrichtigkeit. "Wir alle haben unseren eigenen, einzigartigen Weg, und jeder hat seine eigenen Hürden und Triumphe. Anstatt uns gegenseitig niederzumachen, sollten wir Wege finden, uns gegenseitig zu unterstützen und aufzurichten. Wir sind beide fähig, Großes zu erreichen."

Nach einem Moment schnaubte Bella. "Du solltest Grußkarten statt Liebesromane schreiben, mit diesem Gefasel, das aus deinem Mund kommt."

Clary seufzte und erkannte, dass es die schlimmste Art von Gefasel war, obwohl sie versucht hatte, zu der anderen Frau durchzudringen. "Warum gehen wir nicht wieder rein?"

"Warum springst du nicht... von einer Klippe?" Als sie das sagte, stürzte Bella nach vorne und schlug mit ihren Händen auf Clarys Schultern.

Clary stolperte rückwärts, blickte über ihre Schulter und bemerkte, dass sie nicht weit von dem felsigen Abhang entfernt war, der in einem tiefen Fall zum darunter liegenden Strand endete. Sie versuchte stattdessen, auf die in die Felswand gehauenen Holztreppen zuzugehen, obwohl die nicht viel sicherer aussahen. "Es sind schon genug Menschen gestorben..."

Bella lachte. "Einer mehr kann nicht schaden ... naja, vielleicht tut es *dir* weh."

Als die Spannung eskalierte, sank ihr das Herz bei Bellas bissigen Worten. Die Aufrichtigkeit, mit der sie zuvor um Verständnis gebeten hatte, schien auf taube Ohren gestoßen zu sein. Die Enttäuschung mischte sich mit einem Anflug von Wut und schürte ein gefährliches Feuer in ihr.

"Glaubst du wirklich, dass Gewalt die Lösung ist?" Clarys Stimme zitterte in einer Mischung aus Frustration und Unglauben. "Wir sind besser als das. Wir können unsere Differenzen überwinden und einen Weg finden, um vorwärts zu kommen."

Aber Bellas Lachen hallte in der Luft wider, spöttisch und grausam. Das Geräusch zerrte an Clarys Nerven und verstärkte ihre Entschlossenheit, sich zu schützen und diese sinnlose Konfrontation zu beenden. Als Bella nach vorne stürmte und Clarys Schultern mit voller Wucht traf, stolperte Clary nach hinten, ihr Körper kämpfte darum, das Gleichgewicht zu halten.

Als Bella sich wieder auf sie stürzte, stolperte Clary einen weiteren Schritt rückwärts und war nun gefährlich nahe am Rand der Klippe. Sie stieß mit dem Fuß auf einen losen Stein und verschränkte die Arme, um das Gleichgewicht wiederzufinden.

Bella stürzte sich auf sie, das Gesicht vor Wut verzerrt. In diesem Moment fiel Clarys Blick auf die klapprige Holztreppe. Wenn sie es nur bis dorthin schaffen würde...

Sie wich an ihr vorbei aus und versuchte verzweifelt, die Treppe zu erreichen, aber Bella packte ihren Arm und riss sie zurück. Sie kämpften gefährlich nahe an der Klippe, bevor sie sich losriss und die Treppe erreichte.

Sie schwankten mit ihr, als sie sich an das Geländer klammerte. Clary wollte nicht weitergehen, aber Bella zögerte nicht, eindeutig zu sehr darauf konzentriert, Clary zu beenden, um auf den Zustand der Treppe zu achten. Sie trat auf eine Stufe und dann auf eine weitere. Mit einem unangenehmen Knacken gab die Holzstufe, auf der Bella stand, nach.

Sie kreischte und schlug mit den Armen um sich, als sie nach hinten kippte. Clary stürzte nach vorne und versuchte, ihre Hand zu fangen, aber ihre Finger rutschten auseinander. Sie griff noch immer nach der Hand, als die andere Frau weiter auf den Strand zustürzte.

Bellas Schrei wurde abrupt unterbrochen, als sie gegen die zerklüfteten Felsen unter ihr prallte. Clary taumelte erschrocken zurück. Sie spähte über den Rand der Klippe auf Bellas leblosen Körper, und die Galle stieg ihr in die Kehle.

Schritte polterten auf sie zu. Ethan und die anderen hatten den Aufruhr gehört. Clary drehte sich mit tränengefüllten Augen zu ihnen um.

"Es war ein Unfall", stammelte sie. "Die Treppe ist eingestürzt, und sie ist gefallen."

Die anderen tauschten grimmige, fassungslose Blicke aus. Trotz allem hatte niemand diesen Ausgang gewollt. Ethan kam schnell an Clarys Seite und drehte sie sanft von dem grauenvollen Anblick weg. "Es ist jetzt vorbei", sagte er und schloss sie in seine starken Arme.

Clary brach an ihm zusammen und ließ schließlich zu, dass die Gefühle sie wie eine Flutwelle überrollten. Sie klammerte sich an Ethan, während Schluchzer ihren Körper durchzogen und das Trauma der letzten Tage aus ihr heraussprudelte. Ethan hielt sie einfach nur fest und bot ihr einen sicheren Anker inmitten des Sturms.

Nach einer gefühlten Ewigkeit versiegten Clarys Tränen zu einem Rinnsal. Sie hob ihren Kopf von Ethans Brust und war sich plötzlich ihrer Nähe bewusst. Sein unerschütterliches Mitgefühl und seine Wärme hatten ihr geholfen, das Schlimmste des Schocks zu überstehen.

"Danke", flüsterte sie, noch nicht bereit, die Sicherheit seiner Umarmung zu verlassen.

Ethan schenkte ihr ein zärtliches Lächeln. "Natürlich. Wir haben das von Anfang an gemeinsam durchgestanden." Ihr gemeinsames Trauma hatte ein unzerstörbares Band geschaffen, das Clary mit Dankbarkeit und dem Hauch von etwas mehr erfüllte.

In der Ferne unterbrach das leise Dröhnen eines herannahenden Bootes den Moment. Endlich war Hilfe auf dem Weg. Als sich das Boot näherte, sah Clary das Wort "Police" auf der Seite aufgedruckt.

Einer der Beamten rief ihnen zu, als das Boot langsam zum Stehen kam. "Wir haben einen Anruf von einem besorgten Familienmitglied erhalten..." Er sah auf etwas in seiner Hand hinunter, bevor er wieder aufblickte. "Eine Emily Lane... über einen Kontaktverlust. Ist bei Ihnen alles in Ordnung?"

"Ziemlich weit davon entfernt", sagte sie mit einem leicht hysterischen Kichern, als Ethan ihre Hand nahm.

Als sie und Ethan, gefolgt von Timothy und Martha, hinabstiegen, um die Behörden zu treffen, gab es noch Fragen zu beantworten und ein Trauma zu verarbeiten, aber mit Ethans ständiger Präsenz an ihrer Seite hatte sie die Kraft, sich dem zu stellen, was kommen würde. Der Albtraum war endlich vorbei.

# Epilog

EIN PAAR STUNDEN SPÄTER stand Clary am Ufer und sah zu, wie die letzten Spuren der Insel hinter dem Horizont verschwanden. Es war kaum zu glauben, dass sie gerade heute Morgen noch in diesem Albtraum gefangen gewesen waren.

Jetzt, wo die untergehende Sonne ein warmes Licht auf den Strand warf, kam es Clary fast so vor, als wäre es anderen Leuten passiert, aber das anhaltende Trauma in ihrem Herzen sagte ihr, dass es nur allzu real gewesen war.

Neben ihr ließ Ethan seine Hand in ihre gleiten. "Wie kommst du klar?"

Clary brachte ein kleines Lächeln zustande. "Besser, jetzt wo es vorbei ist. Ich verarbeite immer noch alles." Sie drehte sich zu ihm um. "Ich glaube nicht, dass ich das ohne dich an meiner Seite durchgestanden hätte."

Ethan strich ihr eine vom Wind verwehte braune Locke aus dem Gesicht. "Dito. Wir arbeiten gut zusammen." Sie sahen sich an, die Luft zwischen ihnen war mit Gefühlen aufgeladen. "Komm mich in New York besuchen, wenn du so weit bist", sagte Ethan sanft. "Ich möchte dir die Stadt zeigen. Dich zu all meinen Lieblingsplätzen mitnehmen."

Freude machte sich in Clarys Herz breit. "Das würde mir gefallen." Egal, was die Zukunft bringen würde, Ethan würde ein Teil davon sein.

TRAUTES HEIM, GLÜCK allein. Nach dem absoluten Rummelplatz des Grauens, den die Amateurdetektivarbeit und die Beinahe-Ermordung auf dieser elenden Insel darstellte, war Clary überglücklich, wieder in ihrem malerischen und überladenen Häuschen in Michigans UP zu sein. Mit einem "Oof" ließ sie sich in ihren vertrauten Sessel sinken, das abgenutzte Leder umhüllte sie wie eine kuschelige Umarmung von Oma - wenn Oma nach alten Büchern und Katzenhaaren roch.

Die späte Nachmittagssonne fiel durch die ständig staubigen Fenster und tauchte alles in einen nostalgischen Sepiaton. Zu ihren Füßen ließ Mr. Darcy ein Miauen hören, das verdächtig nach "Füttere mich, menschlicher Sklave" klang. Clary verdrehte liebevoll die Augen.

"Ja, ja, Eure Hoheit. Behaltet euren Pelz an."

Ihr Blick wanderte auf die leere Seite ihres Laptops, der blinkende Cursor wartete auf ihr nächstes Meisterwerk, und die Inspiration schlug ein wie ein Blitz. Aber statt eines Blitzes war es eher ein sanftes Klopfen der schwer fassbaren Muse auf die Schulter.

Sie begann wie wild zu tippen und schrieb eine spannende Geschichte über Geheimnisse, Verdächtigungen und einen üblen Mord. Hey, diese Nahtoderfahrung aus erster Hand konnte sie nicht vergeuden. Vielleicht würde sie sogar einen schneidigen Liebhaber in die Geschichte einbauen, der klug und mutig war und der nicht völlig zum Kotzen war. Ein Mädchen kann träumen, und sie wollte ihre Leser nicht enttäuschen, indem sie bei der Romantik knauserte.

Während sie schrieb, grollte der Donner in der Ferne, ein dramatisches Grollen der Zustimmung, als ob die Natur selbst sich der Aufregung anschloss. Die Welt da draußen war eine Sinfonie, die mit Clarys kreativem Fluss harmonierte. Die Worte strömten aus ihr heraus wie ein Wasserfall, der eine majestätische Klippe hinabstürzt. Ihre Finger tanzten mit einem angenehmen Klacken über die Tasten und fügten vor der Kulisse einer einsamen Insel einen Teppich aus Geheimnissen, Verrat und Mord zusammen.

Der Weg, der vor ihr lag, war noch holprig und voller Schlaglöcher, aber sie war bereit, die sich bietenden Gelegenheiten zu ergreifen wie eine Katze die Katzenminze. Im Moment war sie genau da, wo sie sein wollte - in ihrem gemütlichen Zufluchtsort, begleitet von einer verschrobenen Katze und schrulligen Charakteren. Und mit einem bevorstehenden Besuch in New York City und dem Versprechen einer echten Romanze für sich selbst, nicht nur für ihre Heldinnen, sah die Zukunft so rosig aus wie Mr. Darcys glänzendes Fell.

Zu ihren Füßen rührte sich Mr. Darcy, ihr weiser katzenartiger Begleiter, aus seinem Nickerchen, und seine weisheitsgrünen Augen blinzelten sie an, als wollten sie sagen: "Ich brauche noch Nahrung, Dienerin." Er unterstrich dies mit einem langen Miauen, das ihr deutlich zeigte, wie sehr er litt.

"Na gut, Mr. Darcy, ich denke, ich könnte eine Pause machen, um Sie zu füttern." Sie stand auf, streckte sich und kraulte ihn hinter dem Ohr, bevor sie in die Küche ging. Während sie das Katzenfutter zubereitete, war sie in Gedanken immer noch beim Schreiben, und sie freute sich darauf, zum ersten Mal seit langer Zeit wieder an die Arbeit zu gehen. Ihre Schreibblockade war durchbrochen. Abgesehen davon und davon, dass sie Ethan getroffen hatte, war die Klausurtagung gar nicht so schlecht gewesen.

# Über den Autor

GEBOREN UND AUFGEWACHSEN im Herzen Amerikas, wurde Delias Liebe zum Geschichtenerzählen durch eine Kindheit voller Bücher und die bezaubernden Geschichten ihrer Großmutter genährt.

Mit einem Abschluss in englischer Literatur von der University of Michigan verfeinerte Delia ihr Handwerk als Schriftstellerin und entwickelte ein scharfes Auge für die komplizierten Details, die eine Geschichte lebendig werden lassen. Ihre Leidenschaft für Krimis wurde durch ihre Liebe zu den Romanen von Agatha Christie entfacht. Seitdem widmet sie ihre Karriere als Schriftstellerin der Erschaffung rätselhafter Krimis, die den Leser bis zum Ende mitfiebern lassen.

Wenn sie nicht gerade ihre nächste Mord- und Intrigengeschichte spinnt, genießt Delia die Gartenarbeit, das Backen und die Erkundung der schönen Wanderwege ihres Heimatstaates. Sie lebt mit ihrem Mann und einer schelmischen Katze namens Sherlock zusammen, die ihr als Schreibbegleiter und gelegentliche Inspirationsquelle dient. Ihre Enkelkinder kommen gerne zu Besuch, und Delia lässt immer alles stehen und liegen, ganz gleich, wessen Mord auf seine Aufklärung wartet.

Wenn Sie über Neuerscheinungen informiert werden möchten, abonnieren Sie den Newsletter[1] von Dalia.

---

1.    https://landing.mailerlite.com/webforms/landing/u6v6u4

Milton Keynes UK
Ingram Content Group UK Ltd.
UKHW040953040823
426331UK00001B/84

9 798215 259252